신학자의 서재

홍림의 마음

넓고 붉은 숲이라는 중의적 의미를 담고 있는 <홍림>은, 세상을 향해 추구해야할 사유
와 행동양식의 바람직한 길을 모색하고자 노력하고 있습니다. 폭넓은 독자층을 향해 열린
시각으로 이 시대의 역할 고민을 감당하며, 넓고 붉은 숲을 조성하는데 <홍림>이 독자
여러분과 함께하고자 합니다.

홍림지식인의서재01

신학자의 서재

지은이   이상웅

1판 1쇄 인쇄   2021년 2월 20일
1판 1쇄 발행   2021년 2월 25일

펴낸곳   홍 림
펴낸이   김은주
등록   제 312-2007-000044호17
주소   인천광역시 서구 원당대로819번길 24, 2-404
전자우편   hongrimpub@gmail.com

값은 표지에 있습니다.
ISBN 978-89-6934-026 - 9 (03810)

신학자의 서재

이상웅 지음

홍림

일. 러. 두. 기

1. 본서 각 부에 실린 글들은 시간순으로 실었다.

2. 프로그램명과 강좌명, 영화제목 및 설교제목은 〈 〉로, 논문은 「 」로, 책 제목은 『 』로, 논
   문집 등 정간물은 《 》로 표기했다.

3. 3부에 실린 책 리스트는 임의로 정한 목록이 아니며, 저자가 8년간 틈틈이 메모한 독서
   리스트임을 밝힌다.

생애 처음 내는 이 에세이집을
올해 만 70세를 맞으신 은사 최홍석 교수님께 드립니다.

저.자.서.문

〈신학자의 서재〉라는 제목이 독자들에게 생경하거나 아니면 뭔가 거창한 느낌을 줄 것 같다. 이 책에 담긴 글은 지난 2년 반 동안 페이스북에 썼던 글들을 네 개의 주제로 묶어본 것이다. 2012년 9월 1일 모교^{총신대학}^{교 신학대학원}에 교수로 부임한 이후 초기에는 '양지의 4계절'이라는 사진첩 같은 것을 내고 싶은 낭만적인 생각을 한 적이 있었으나, 최근에 겪은 학내사태라는 사망의 음침한 골짜기를 지나오면서 부질없는 일처럼 여겨졌었다. 그런데 홍림에서 페이스북에 올린 글들을 〈신학자의 서재〉라는 이름으로 묶어보자고 제안을 했고, 책, 연구실, 일상, 그리고 신학 네 가지 주제어까지 제안해 주었다. 그렇게 해보자고 결단을 내리는데 로 수 개월이 걸렸고, 결정하고도 작업을 어떻게 해야 할지 엄두가 나지 않았다. SNS에 올리는 글이라는 게 때때로 감상을 끄적인 것이고, 때때로 미완성된 글들이었기 때문에, 책자 형태로 낼 엄두가 나지 않기도 했다. 그러나 7년 반의 학교 시간을 보내고, 선물처럼 받은 연구년^{2020년}을 맞이하면서 다른 과제와 더불어 〈신학자의 서재라〉 작업도 빨리 진행해야 하겠다고 마음을 굳히게 되었다. 일단 시력이 좋지 못한 나를 위해 제자 페이스북에 실은 글들을 김혜지 전도사가 4개 주제별로 분류

하되 월별로 파일 작업을 해주었다. 아마도 방학 동안 많은 시간을 이 일에 소모했을 것으로 생각된다. 그러고나서 50개가 넘는 파일을 필자가 일일이 읽고 확인하면서 재분류했다. 수정, 첨삭, 보완하는 작업을 진행하는 데도 많은 시간이 소요되었다. 가끔은 글을 올릴 때 좀 더 온전한 글을 써서 올렸으면 좋았을 텐데 하는 후회가 들기도 했다.

본서는 신변잡기적인 수준의 글이라는 점을 염두에 두고 에세이 읽듯이 편하게 읽어주기를 바란다. 어떤 글들은 분류가 꼭 맞지 않을 수도 있다. 그러나 일단 1부에는 연구실과 관련된 글들을 모았다. 학자에게 연구실은 연구뿐 아니라 학생들을 만나는 장소이기도 하다. 다만 학내사태를 겪으면서 후자와 관련된 글들은 거의 페이스북에 올리지 않다 보니 본서에는 포함되지 않았다. 그러나 실제 연구실에는 수많은 사람들이 방문하곤 한다. 가벼운 대화의 시간도 갖지만, 때로는 심각한 상담의 시간도 있다. 그리고 때로는 동료 교수님들과 이런 저런 이야기들을 나누기도 한다. 2부에서는 일상이라는 주제의 글들을 모았는데, 주로 연구실 밖 나의 일상 중 이런 저런 면모들을 담은 글들이다. 사실 일상日常의 정의는 '매일 반복되는 생활'이라고 하는데, 개인적으로는 가정의 우환이 있고, 공동체적으로는 재직하고 있는 신학교가 학내 사태 가시적으로는 2017년 가을에서 2018년 초가을까지를 겪고 회복되는 시간들이었다 보니 일상적인 이야기보다 특수한 이야기들이 많이 담긴 것 같다. 물론 페이스북이라는 매체에 깊고 날카로운 이야기들을 쓰기는 어려워 그저 편린들만 골라 담았을 뿐이다. 3부에서는 책들에 대한 이야기가 중심이고, 신학이라는 제목이 붙은 4부에는 농도 짙은 신학 이야기는 별로 담지 못했다. 그냥 신학자로서 이런 저런 생각들을 올렸던 것 중에 선별해 담았을 뿐이다. 신학 교수인 나, 더 정확하게는 조직신학 혹은 교리신학 전공자인 필자가 어떤 신학적인 글들을 쓰느냐는 그간에 공표한 50편이 넘는 논문들을 검색해 보거나, 아니면 출간된 책들을 읽어 보면 좋을 것이라는 생각이 든다.

이제까지 신학 서적이나 성경 강해서들을 출간해와서 에세이 출간은 처음 있는 일이다. 이와 같은 작업을 해보도록 제안해준 김은주 대표께 감사를 드린다. 무던히도 긴 세월을 기다려준 덕분에 어설퍼 보이고 염려가 되는 이 책을 출간하기에 이르렀다. 부디 출판사에 누가 되지 않기를 바란다. 앞서 말한 대로 필자가 쓴 글들이지만 모으고 분류하는 초기 작업을 해준 김혜지 전도사에게 감사하고, 8년 여의 학교 생활 동안 동고동락했던 조직신학과 동료 교수님들과 여러 교수님들께 감사를 드린다. 또한 본서가 주로 연구실과 학교와 관련한 이야기들이다 보니 그간에 연구실 조교로 수고해 준 주명재 목사, 김성민 목사, 김운중 목사, 김하림 강도사, 김민기 전도사, 이광희 전도사에게도 감사를 표현하고 싶다. 그 외에도 감사해야 할 분들이 많으나 일일이 다 적지 못한다. 다만 사랑하는 가족들, 특히 결혼 28주년을 지나온 아내와 아들에게 감사의 마음은 언급해야 하겠다. 연구년이 하나님의 은혜 가운데 좀 더 의미있고 보람있는 열매맺음으로 나아갈 수 있었음에 감사하며 그 연구년 초기에 적어둔 이 작은 글모음 하나를 내어놓는다.

2021. 1. 30.

양지 캠퍼스 본관 411호 연구실에서

차 례

1부 서 재

2부 일 상

3부 책

4부 신학

혼자 쓰는 연구실은 문만 닫고 있으면 그때부터는 그냥 나의 캐슬이다. 그래서 그간 연구실에 은둔하며 살아왔는지도 모르겠다. 그러나 나도 이곳의 영구적 사용자는 아니다. 갈수록 뼈저리게 느껴진다. 주께서 허락하시는 동안 오이코노모스헬, oikonomos, 청지기라는 뜻로 사는 것 뿐이다.

서 재

책들로 복잡하여 미어 터질 것 같은 연구실

나의 연구실은, 은퇴하신 은사 심창섭 교수님이 처음으로 사용하셨던 곳을 내가 2012년 9월 1일 학교에 부임하면서 계승하여 사용 중이다. 본관 준공 후 딱 5년 후에 들어온 것이라 새 건물의 새로운 방 느낌이었다.

나는 이 학교에 부임하기 전 대구에 있는 교회에서 목회를 했었다. 목회를 마치면서 수천 권의 책을 다양한 곳, 다양한 이들에게 나눠주고 올라왔는데 학교에 5년 반을 재직하는 사이 다양한 강의 준비와 논문 연구를 하다 보니 책들이 다시 늘어 당초 분량의 두 배는 증가된 것 같다. 그냥 봐서는 알 수 없지만 대부분의 책들이 2열로 꽂혀 있다. 목회 시절이나 지금이나 가장 책이 많은 시점이다.

연구실 여건이 좋지 않은 학교들도 있는데, 8평의 연구실^{세면대도 있다}을 개인 연구 공간으로 써왔으니 감사한 일이다. 공동 연구실이면 공간 사용에도 제한이 있고, 아무래도 함께 사용하는 다른 연구자들을 의식하지 않을 수 없을 것이다. 혼자 쓰는 연구실은 문만 닫고 있으면 그때부터는 그냥 나의 캐슬이다. 그래서 그간 연구실에 은둔하며 살아왔는지도 모르겠다. 그러나 나도 이곳의 영구적 사용자는 아니다. 갈수록 뼈저리게 느껴진다. 주께서 허락하시는 동안 오이코노모스^{헬, oikonomos, 청지기}

^{라는뜻}로 사는 것 뿐이다.

　최근 나의 연구실을 다녀갔거나 아는 이들 중에 혹자는 마치 중고서점 같다고도 하고, 어떤 대학원생은 책이 무너져 내릴까 염려했다. 아는 목사님은 헬멧을 쓰고 연구하라고도 권했다. 나로서는 책에 깔려 죽는 것도 학자다운것 아닌가 조크로 받아들이고 있다.

혼자 쓰는 연구실은 문만 닫고 있으면 그때부터는 그냥 캐슬이다.

추운 겨울 토요일

양지 캠퍼스는 고요하다. 밤새 눈이 내렸는지 살짝 덮혀 있는 곳도 있다. 혼자 점심을 먹고 와서 100주년채플 앞을 한참 걸었는데, 얼굴이 얼얼했다. 영하 4-5도 정도인데도 그렇다.

퇴근하기 전에 문득 공자의 유명한 어록 하나가 기억에 떠올랐다.

도를 아는 자가 좋아하는 자만 못하고 좋아하는 자가 즐기는 자만 못하다. 子曰 知之者 不如好之者 好之者 不如樂之者.

죽산 박형룡의 『구원론』.
책들을 펼쳐놓은 채 사라졌다가
때 되어 다시 돌아올 수 있는
연구실이 있어 좋다.

학문의 세계뿐 아니라, 예술이나 일상적인 삶에도 적용해 볼 수 있을 교훈이다. 대상이 무엇이든 아는 것과 할 수 있는 정도에 만족하지 않고, 좋아할 수 있는 기호의 수준도 넘어서는 경지를 낙지자의 경지라고 한다면, 그에 이를 수 있다면 좋겠다. 유튜브에서 우연히 마주친 일곱 살의 콘스탄티나 안드리추Konstantina Andritsou의 클래식 기타 연주를 보면서 드는 생각이었다.

요즘 연구실에서 죽산 박형룡의 『구원론』을 다시 읽는 중이다. '죽산 신학의 기원'이라는 주제는 오래된 나의 학문적 관심사 중 하나이다. 이 연구 주제는 한국장로교 신학의 정체성 문제와 직결되기도 해서다. 내 방이니 이럴 땐 책들을 펼쳐놓은 채 사라졌다가 때가 되어 다시 돌아올 수 있어 좋다. 로고스나 바이블웍스를 알지 못하는 아날로그적인 연구실[1]- 그래도 인터넷은 맹렬히 활용 중이다.

두 주만에 들른 연구실

미세먼지가 '충만'한 날이라 코가 막히고 숨쉬기도 곤란하다. 그러니 머리도 정상이 아닌 것 같다. 학내 사태 덕에 두 주 만에 연구실에 들렀다.

---

1 로고스나 바이블웍스는 디지털 플랫폼을 말한다.

밖깥 공기뿐만 아니라 두 주간 창문을 닫아두었더니 오래된 책 냄새가 나고 연구실 내 공기도 좋지 않다. 바닥을 닦고 책상을 닦았다.

본관에서 영어, 중국어 과정은 정상 수업 중이었으나 강의가 없는 나는 애써 본관에 올 일이 없었다. 미세먼지로 인한 고통 만큼이나 비정상적인 학내사태 때문에 총신 구성원들이 다들 고생 중이다. 평강없음엔 샬롬이 평강샬롬으로, 마라쓴물가 나오미기쁨로 다시 바뀌는 날이여 오라.

학내 사태로 두 주 만에 들른 연구실. 바닥을 닦고 책상을 닦았다.

37일만의 연구실 복귀

학내사태로 본관 연구실을 떠나 3생활관 6층에서 37일을 보냈다. 본관에 영어·중국어 클래스가 있는 교수님들은 정기적으로 출입을 했지만, 나는 그 동안 자료를 가지러 들렀던 세 번이 본관 출입의 전부였다.

사당 캠퍼스는 오늘부터, 양지 캠퍼스는 다음 주부터 수업이 정상적으로 진행된다. 학기를 잘 진행하고 마무리하기 위해서 구성원들이 협력해야 할 때다. 보강이나 추가 강의도 하게 되지 않을까 싶다.

오늘 본관이 정리가 되어 연구실에는 오후에 돌아왔다. 연구실을 떠나 있던 사이 필요한 물건들을 집과 기숙사에 옮겨갔던지라 다음 주에 다시 옮겨와야 한다. 기약할 수 없는 상황이어서 에드워즈 전집과 주요 책들을 적지 않게 옮겼었다. 그랬지만 연구실의 서가는 표도 안 난다. 한 천 권 쯤 쏟아내면 차이가 느껴지려나….

2012년 9월에 부임해서 12학기째다. 그 동안 연구실은 집 다음으로 익숙하고 편한 곳이었다. 어쩌면 깨어있는 시간의 대부분을 학교에서 보낸 셈이다. 주말에도 나왔고, 주일 오후에도 잠시라도 들르곤 했던 곳이니 오죽이나 익숙한 공간이 되었을까. 그런데 1개월 조금 더 떠나 있다가 돌아오니 낯설음이랄까 생경함도 느껴진다.

1학기가 끝나다

1학기가 끝이 났다. 2018년 1학기를 끝낼 수 있을까, 낙담될 만큼 절망적인 시기도 있었다. 끝이 났으니 안도의 한숨을 내쉰다. 감사하는 마음도 들고, 전력질주하고 결승점 지나 쓰러지는 마라토너 심정도 든다. 어제 기말 과제를 다 거두고, 오늘로 기말고사 기간도 끝이 났다. 대학원은 보강 때문에 얼마 후에 끝을 내야 한다.

봄이 봄같지 않던 3월과 4월을 통과했고, 5월과 6월에는 보강에 여념없이 내달리다 보니 지난 네 달이 너무 힘겹고 잔인하게 느껴지는 세월이 되고 말았다. 그래도 또 몇 바퀴 돌고나면 그런 때가 있었다고 회상할 날도 올 것 같다. 참았던 소회들을 다 풀어놓을 수 있는 날도 오겠지!

아직 성적 처리가 남았고, 방학 중에 감당할 일들을 적다보니 벌써 골치가 찌끈찌끈하다. 아는 목회자들은 교수들에게 방학이 있어 좋지 않냐고 하는데, 혹은 1997-2012어간 전임사역과 담임목회할 때 나도 그렇게 생각했는데, 교수생활 열두 학기를 지내는 동안 서너 날도 아무데도 가보지 못한 채 개강을 맞곤 했다. 여섯 방학은 스스로 부과한 바빙크 스터디라는 대장정도 감행했다. 어느 정도 베테랑이 되면 조금은 쉬어가거나 유럽이라도 날아가 볼 여유가 있으리라 기대, 혹은 착각을 하며 이번 방학 입새에서 마음을 다잡는다.

겨울에 처음 알게 된 위 베어 베어스 곰브라더스는 힘든 시절에 적지 않은 위로가 되어 주었다.

현재로서는 일을 하다가 지치면 연구실 의자에 기대어 눈을 감고 졸거나 산책하기, 정당한 결재 후 좋은 영화 보기, 때로 동료 교수님들이나 제자들과 대화를 하거나, 페이스북 활동이 전부다. 이번 겨울에 처음 알게된 위 베어 베어스 곰브라더스 카툰들도 적지않은 위로가 되었었다. 작은 곰인형들은, 생일이 있던 지난 달에 누가 선물로 준 것인데, 가끔 혼자 쳐다보며 미소짓는다.

논문을 쓰면서

이 복잡한 책상에서 무엇이 나올 수 있을까? 언젠가부터 미니멀리스트 minimalist가 되고 싶은 마음 간절했으나, 연구실은 나날이 복잡해져 가기만 한다. 그러나 과정 중일 땐 어쩔수 없는 상황 아닐까. 그간에도 때로 많은 책들을 정리하곤 했지만, 앞으로도 용도가 다한다면 정리되어질 책들도 많다. 나이 중년이 되고 보니 버릴 것과 남길 것에 대한 생각이 많아진다.

아침에 출근하여 『빌레몬서 강해』 저자 서문을 손보고 출판사로 전송했다. 그리고 이 쌓인 책들 속에서 행위언약에 대한 논문 하나를 썼다. 새로운 장정이다. 긴 세월 동안 목회를 하고, 45세라는 늦은 나이에 모교 교수로 와보니 열 분도 되지 않는 은사들이 여전히 가르치고 계셨다. 그리고 몇 년이 지나는 사이 한 분 한 분 은퇴를 하셨다. 내가 소속된 조직신학과에도 김길성 교수님과 최홍석 교수님 두 분이 그간에 은퇴를 하셨다. 신약을 가르쳐주신 이한수 교수님의 은퇴를 앞두고 은퇴논총에 들어갈 논문을 써야 한다. 죽산 박형룡의 행위언약 이해에 대한 글이다.

쌓인 책들 속에서 책 서문과 행위언약에 대한 논문 하나를 썼다.

'유진 초이'의 어원

tvN 주말 드라마 〈미스터 션샤인〉에서 헬라어 유게네스εὐγενής를 만났다. 노비의 아들이었던 최유진은 어린 나이에 쫓기다가 미국으로 밀항을 한다. 후에 그의 이름이 무엇이냐는 질문에 유진이라는 답을 하자, 미국인은 Eugene으로 알아듣는다. 그리고 뜻풀이를 해준다. 사실 한국이름 유진과 영어 이름 Eugene은 뜻이 다르지만 작가는 뭔가 기발했다. 구한말을 다룬 드라마에서 헬라어 유게네스에서 기원한 유진이라는 이름의 뜻을 듣게 될 줄이야. '깜놀'이었다.

　Eugene은 인명이자 오레곤주의 지명이기도 하다. 유진은 헬라어 유

무더위를 피해 창가에 있던 컴퓨터를 중앙테이블로 옮겼다

게네스εὐγενής라는 형용사에서 왔다. 고전 1장 26절에서는 '신분 높은 집
안에서 태어난'의 의미로 쓰였고, 사도행전 17장 11절에서는 고상한 마
음을 가진, 열린 마음을 가진noble-minded, open-minded의 의미로 쓰였다. 베뢰
아 사람들은 '데살로니가 사람들보다 더 신사적'이라고 할 때 '신사적이
다'에 유게네스가 쓰였다.

  아무래도 무더위가 한참 더 갈 것 같아 오늘은 컴퓨터를 중앙 테이블
로 옮겼다. 9년 된 노트북이 맛이 가고 나니 이렇게라도 해야 창가에서
강렬하게 들어오는 열기를 피할 수 있다. 일체형이라 다행히 옮기긴 수
월했다.

아가서 강해 교정 중

개강수련회 첫 날 양지엔 비가 많이 내렸다. 연구실 내 누수도 몇 십 방울 정도 있었다. 쏟아지는 빗소리를 들으면서 아가서 강해 원고 다섯 편을 읽고 교정을 했다. 16년 전임 · 담임 목회 중에 세 번 연속강해를 했었고, 마지막에는 총 20회로 전달했던 본문이다. 오래간만에 원고를 출력해 읽어보니 진한 추억, 감동 등이 느껴진다. 처음 아가서에 매료되게 만든 대구동부교회 시무하셨던 김덕신 목사님¹⁹²⁹⁻²⁰⁰⁹ 생각이 많이 났다. 은사 김희보 교수님¹⁹¹⁸⁻²⁰⁰³의 구약 아가서 주해를 얼마나 열심히 읽고 도움을 받았는지도 일일이 확인 중이다. 어차피 설교자는 좋은 주석들을 참고해 가면서 본문에 대한 정확한 이해를 도모해야 한다. 그 바탕 위에서 묵상과 적용을 담은 원고가 고투 끝에 나오는 것이다.

빌레몬서 강해는 설교치고는 치밀한 책이다. 짧은 시간에 독자들의 사랑을 많이 받고 있어서 기쁘다. 저자 수정본을 출판사에 넘겼다. 출판사에서 충분히 더 다듬고 미주를 달아 출간할 계획이다. 교정 중인 아가서 강해는 빌레몬서 강해의 두 배 분량이라 일반 사이즈에 양장본으로 만들고 싶은 마음이 불현듯 들었다. 세상에 가장 아름다운 노래이니 표지 디자인도 우아하고 아름답게 나왔으면 좋겠다.

교정 중인 아가서 강해 원고.
우아하고 아름답게 출간되어
나왔으면 좋겠다.

토요일의 푸념

권불십년權不十年이라더니, 오늘 또 하나의 역사적으로 그 진리를 입증하
는 주요 사례[2] 하나가 만들어졌다. 다음 주 월요일에 있을 발표가 기대
가 된다. 새로운 시대가 도래하려나. 누구에게든 기회가 주어지면 코

---

2. 총신대 학내사태가 극적으로 해결된 일을 말한다.

스프레하지 말고, 무소불위의 권세인양 착각하지 말고, 서번트 리더십 servant leadership을 발휘해서 공동체 회복과 정상화에 진력해 주기를 바랄 뿐이다.

누가 새로운 리더십을 취하게 되든지 본인의 의사나 합당한 사유 없이 구성원들에 불이익을 끼치지 말았으면 좋겠다. 구성원들 복지에 신경을 써주기를 바랄 뿐이다. 우리 각자가 자기 할 일에만 매진하게 해 주기를 바란다.

학교에 와서 보낸 지난 6.5년이 길디 길었다. 어떤 성격인가는 해석이 다를 수 있겠으나. 내가 이러려고 양지에 왔나 싶은 날들이 많았다. 나의 개인사이지만 최소 만 2년을 승진에 실패했다. 여러 교수님들이 당한 일이기도 했다. 승진 심사에 탈락시킨 이들에게만 그 이유가 있을 것이다. 우리 교수들은 이해할 수 없는 차원이다.

과제물 체크

11월 후반의 시간과 에너지는 이 쌓인 것들 때문에 다 소진된다. 우편은 그간에 체크를 다 마친 중간과제, 선택과목까지 약 450개. 이제 조교가 출석부에 내가 매긴 점수를 옮겨 적을 것이다. 많아서 안 읽을 줄 알고, 하라는 과제는 안 하고 난도질한 경우가 있는데, 어쩌나 내 눈으로 다 체크하고 점수를 부여하는 것을…. 일부러 확인하려고 2쪽 과제를 내게 한 것을…. 책상 위의 좌편에 있는 여섯 편은, 읽고 심사에 참여해야 하는 논문들이다. 최소한 논문 매뉴얼에 따라 형식을 잘 갖추어야 교수들이 덜 힘들다. 참 성가신 일들이 많다.

'남이 네게 띠를 띠우고 원치 않는 곳으로 데려가리라'[3]더니, 논문심사는 그리 환영치 않는 일이다. 그래도 일부는 피하고 받은 게 여섯 편이다. 저녁부터 시작해서 연구일인 오늘 아침에도 박사논문을 한 편 읽는 중이다. 쓰다가 만 내 영어논문은 물건너 모퉁이를 도는 것 같다.

나는 10년 전 목회 중에 박사논문 심사를 받았고, 한 번에 다섯 분의 사인을 받고 통과했었다. 수고스럽게 고생하고 힘써 쓴 것이라 보람이 컸었다. 그 과정을 거친 교수 입장에서는 제대로 쓴 논문이라면 기꺼이 통과시켜주고, 수고했다고 칭찬을 해주고 싶다. 내가 그리 칭찬에 인색하지는 않는데….

---

3 예수가 부활 전에 제자 베드로에게 전한 말로, 요한복음 21장 '네가 젊어서는 스스로 띠 띠고 원하는 곳으로 다녔거니와 늙어서는 네 팔을 벌리리니 남이 네게 띠 띠우고 원하지 아니하는 곳으로 데려가리라'라는 구절에서 연유되었다.

체크를 마친 과제물들(우측)과 심사해야 하는 논문들(좌측).

봄을 그리워함

양지는 이웃 지역보다 기온이 보통 3도가 낮다. 겨울에는 많이 춥고, 눈
도 많이 내리는 편이다. 오늘도 영하 9도의 찬바람을 맞고 집을 나섰다.
동네에 있는 '봄까페'에 들러 까페 라떼를 한 잔 테이크 아웃해서 학교로
왔다. 양지 주민센터 앞에 있던 '연아 메리'가 11월에 봄까페로 바뀌었다.
주인이 바뀌면서다. ^{2020년 들어 없어짐} '봄까페'라는 글귀를 보니 한파 속에서
문득 봄이 기다려진다. 1986년 1월 대학 입시곡으로 불렸던 봄의 동경
Frühlingsglaube이라는 슈베르트의 노래가 귀에 들리는 듯하다.

생각해보면 한파라지만 한여름보다는 나은 듯하다. 무더운 여름은
통제불능이다. 겨울에는 따뜻한 공간 속에 있으면 되니 나은 편이다.
그러나 주말과 주일에는 연구실에 냉난방이 되지 않는다. 그나마 남향
연구실이어서 햇볕만으로도 낮에는 견딜 만하다는 것을 지난 7년 동안

봄카페 텀블러.

경험했다. 덕분에 이 한파 속에서도 집을 나설 용기를 얻는다.

볼륨을 높여 설교를 듣다

오전에 설교를 하고 학교로 왔다. 본관 전체를 전세 낸 것처럼 연구실에 나홀로 앉아서 로이드 존스의 웨스트민스터 채플 마지막 설교를 들었다.

로이드 존스는 마지막 금요일에 372번째 로마서 강해를 설교했는데, 로마서 14장 17절 '하나님 나라의 세 가지 특징' 중 두 번째 특징인 '평화'에 대해서였다. 그리고 설교를 끝내며 하나님의 뜻이면 세 번째 특징인 '기쁨'에 대해서 다음에 설교하겠다고 공지했다. 그러나 금요일 설교는 그의 마지막 설교가 되었다. 복통과 함께 그에게 닥쳐온 암때문이었다. 수술 후, 그는 1968년 8월 말에 교회를 사임했다. 신기하게도 금요일 전 주일 오전에 그가 전한 설교 제목은 '나의 평안을 너희에게 주노라'^{요한복음} ^{14:27}였다. 당연하지만 그의 교회 사임으로 요한복음 연속강해도 중단되었다. 교회 취임 당시 어떤 세레모니도 없었듯 퇴임과 관련된 세레모니도 일절 없었다.

인터넷^{www.mljturst.org}에서 그의 설교를 들으며 격세지감을 느낀다. 나는 1990년 신대원에 입학하면서 로이드 존스를 읽기 시작했다. 몇 년 동안 은 로마서, 에베소서 스터디를 세 차례 정도 인도할 만큼 집중했었다. 심지어 단기사병 복무기간에도 그 일을 했었다. 1992년 복학한 후에 영 국에 주문을 넣어서 CD도 아니고 테이프로 제작된 부흥 시리즈와 설교 와 설교자 시리즈를 주문해서, 처음으로 로이드 존스의 설교를 육성으 로 들었었다. 2010년에는 요한복음강해를 CD로 구입할 수가 있었다. 1980년대 남아공에서 로이드 존스의 설교론으로 박사논문을 썼던 정근 두 목사님이 요한복음 강해나 사도행전 강해를 언급했었는데, 책으로 나오고 번역되기까지는 상당한 시간이 지나야 했다. 세월이 흘렀고, 이 제는 1953년 이래 1968년까지 남아있는 설교 오디오 파일들이 무료로 제공되고 있다. 주문서를 쓸 것도 없고, 비용을 지 불할 필요도 없으며, 그냥 접속해서 들으 면 된다. 이러니 격세지감을 안 느낄 수가 없다.

로이드존스

브레이너드와 씨름하다

양지는 거세게 비가 내리다가 그쳤다를 반복 중이다. 아직 연구실 누수
는 없다. 작년 일로 트라우마가 커서인지 창문쪽 몇몇 지점에서 물이 줄
줄 새는데, 가슴이 쿵했다. 수리는 했지만, 여차하면 받치려고 그때 가져
다 놓은 물받침 통들을 아직 연구실 한구석에 보관하고 있을 정도다.

가을에 열리는 한국복음주의신학회 전체 주제가 '참 경건敬虔'이라 경
건과 관련된 논문을 방학 중에 쓰고 있다. 아직은 자료들을 뒤적이며
허우적대고 있다. 작년 학내사태로 인해 연기시켜 놓은 영어논문 쓰기
도 남아있다. 둘 다 방학 중에 대략의 완성을 해놔야 학기가 시작된 후
에 강의총19시간에 집중할 수가 있다.

준비 중인 논문은 브레이너드의 경건 실천에 관한 것이다. 데이비드
브레이너드에게 조나단 에드워즈는 떼려야 뗄 수가 없는 관계에 있다.
1749년 브레이너드 일기를 편집 출간하면서 에드워즈는 '참되고 탁월
한 기독교 경건의 주목할만한 예증'이라고 확언했다.서문 부록으로 실은
평가서에서는 브레이너드에 관한 장문의 평가를 제시했다. 예일전집 7
권 편집자 노먼 페티트는 지나치게 비평적으로 보았지만, 에드워즈는
브레이너드의 약점들을 눈감지 않았다.

브레이너드는 에드워즈 덕에 일기를 공표하기에 이른다. 에드워즈

비오는 날 연구실 창밖 풍경.

전기들도 다 뒤적여볼 수밖에 없다. 에드워즈나 브레이너드에 대한 전기 작가들의 평가는 극에서 극을 달린다. 브레이너드의 평가도 쌍극을 이룬다. 1940년 페리 밀러의 전기에도 브레이너드와 제루샤 에드워즈 약혼을 당연시하는데, 최근 에드워즈 학계는 근거가 없는 전설로 본다. 물론 19주 동안 간호를 하고, 간호를 받으며 영적으로 뿐 아니라 일종의 연정이 형성되었음을 부인하긴 어렵다.

시대를 역행하는 연구실

연구실에 있는 책상 앞쪽에 쌓인 책들. 아마 작년부터 쌓이기 시작했던 것 같다. 다 필요해서 구입한 책들이지만 연구실 곳곳이 책으로 가득하다 보니 끝까지 두고 보자는 쪽과 줄여야 된다는 양면감정이 교차하곤 한다.

언젠가 미국쪽 북 카탈로그에서 "당신의 침대 밑과 욕조에까지 책이 쌓이지 않으면 책이 많다고 하지 말라"는 구절을 본 일이 있다. 다소 위로가 되긴 했다. 그래도 영 시대에 어긋나는 모양새이다. 시대가 시대인지라 디지털화 된 자료들이 많아진 데다가, 가시적으로 공간을 차지하지 않고도 수만 권의 자료를 접속할 수 있는 시대에 살아가고 있으니 말이다. 공간 차지는 물론이고 책먼지 등 관리의 어려움을 주는 종이책을 가득 쌓고 살아가고 있으니 역행이랄 수밖에…. 아직은 방문하는 이들 가운데 책이 많다고 경탄을 해주는 경우도 있다. 시간이 좀 더 지나고 나면 이상한 사람으로 취급을 받을지도 모르지만, 아무튼 정리는 좀 하고 살아야겠다.

연구실 중앙테이블 아래까지 쌓인 책들.

논문심사 보고서를 읽는 일

아침 여덟 시에 시작된 하루 일정이 다섯 시가 되어 끝이 났다. 1학년 상담까지 마치고 나서 메시지를 확인하니 학회에 제출한 논문 심사결과에 대한 안내가 왔다. 이메일을 열어 논문 심사결과서를 출력해서 체크했다.

한국연구재단 등재^{또는 후보}지에 논문을 실으려면 3인으로 구성된 익명의 심사 과정을 거쳐서 게재가를 받아야 한다. 익명으로 논문을 내고 익명의 심사 과정을 거치다보니 때때로 심사위원들의 평가서가 무척이나 날카롭게 느껴질 때가 있다. 솔직히 나는 아직도 심사결과서를 열어서 읽는 것이 겁이 난다. 적절한 비평에, 합당한 수정요구라면 논문을 완성하는데 유익하다. 다만 근본적으로 갈아엎으라는 식의 무리한 요구는 누구에게나 상처가 된다.

심호흡을 하고 열어본 결과보고서는 하루의 긴 일정으로 지친 내겐 위로가 되었다. 수정요구들이 있으나 수정하면 되는 일이고, 논문의 성격이나 방향에 대한 논평들도 합당하게 느껴졌다. 소위 메이져 커렉션 _{major correction, 근본적인 수정을 요구하는 경우}의 요구가 없어서 안도의 한숨을 내쉬었다. 현재 일정으로는 거대수정을 할 시간이 없기 때문이다.

학자들의 연구 진작을 위해 이런 시스템이 요구되는 게 나쁠 것은 없다. 그저 자신과 몇몇 관심자들만 논문을 읽게 되지만, 그래도 한 편 한 편 연구결과가 모여서 책도 나오는 것이다. 역지사지라고 익명의 심사를 맡으면 학자의 양심에 따라 심사자 역할을 수행하되 날카롭지 않게 하려고 노력한다. 영 아닌 것은 어쩔 수 없이 게재불가를 주기도 하지만, 어거지로 그러지는 않는다.

한 해 넘긴 영어 논문 쓰는 중

오전은 감기약 기운에 잘 쉬고 책들로 가득한 8평 연구실이나 앉아서 즐기에도 좋은 환경임, 오후에는 주일 설교 두 편 원고를 읽으며 반추의 시간을 가지고나서, 늦은 오후에 커피 한 잔을 더 마셨다. 그리고 10월 31일이 제출기한인 논문을 드디어 손대기 시작했다. 가급적이면 다섯 시 삼십 분에 퇴근하려고 하지만, 오늘 같은 경우는 조금 워밍업이 되어진 상태라 저녁을 먹고 와서 다시 논문 쓰기에 매달려 보려고 한다.

　우리 학교 규정상 전임교수들은 기본적으로 한 해는 한글로, 한 해는 영어로 논문을 써서 심사과정을 거쳐 교내 발간 논문집에 실어야 한다. 하지만 2017-2018 학내사태가 가혹해서 대부분의 교수님들이 작년에 영어논문을 제출하지 못하고 연장 신청을 했다. 나도 그중 한 명이다.

이번 10월 31일이 연기된 기한 마지막 날인 셈이다. 지난 여름은 연구실 환경이나 컨디션 문제 때문에 죽산 박형룡의 경건론도 다 쓰지 못하고, 9월에 들어와 마무리해서 제출했다.

영어논문이 부담인 것은 영어 교정을 받을 시간이 필요해서다. 포기하고 '연구비 선수금 환급에 3년간 교내연구비 수혜 불가'라는 페널티를 받아도 된다. 생사가 걸린 문제가 아니니 안 되면 고스란히 페널티를 받겠지만, 학자로서 의욕이 꺾일 만한 상황이 되고 만다. 더욱이 내년에 연구년까지 신청해 놓고 말이다.

밤 10시 넘어 퇴근하다

금요일 저녁 열 시가 다 되어 간다. 이제 퇴근하려고 한다. 양지 캠퍼스 구내는 고요하고 적막감이 감돈다. 이 시간까지 남아서 논문을 써보기도 오래간만인 것 같다. 나는 오랜 세월 목회현장에 있으면서 논문보다는 설교 준비에 주로 매진해 살아왔다. 즉, 분석적이고 비판적이기 보다는 건덕적인 원고를 쓰는 수고를 하고 살았다. 그러나 논문은 분석적이고, 비판적이고, 논증적이어야 한다. 그러니 나같이 둔탁한 사람은 남들보다 더 많은 시간을 들여서 산고를 겪으며 글을 쓸 수밖에 없다.

요새같이 귓병까지 앓으며 밤 10시 가까이 연구실에 있는 건 고역이다. 이게 뭔 자랑이겠는가? 능력 부족을 말해주는 거겠지. 그래도 어쩌겠는가, 내 역량과 건강에 맞추어 내 갈 길을 가는 수밖에….

아무튼 논문의 윤곽을 짜는 일이 제대로 되면, 그 다음은 한 파트씩 거치른 초고로라도 재빨리 쓰는 것이 독서만 하고 생각만 하며 시간 보내는 것보다 인간적으로 더 유익한 길이다. 초고라도 나오면 수정 보완은 좀 더 쉬워진다. 오늘은 안토니 후크마의 육체적 죽음에 대해 분석하고 평가했으니, 내일은 영혼의 불멸성에 대한 부분을 잘 분석 평가해서 글을 써보려고 한다. 종말론 교수로서 벌코프에 이은 후크마의 종말론을 분석하고, 보완할 점들을 살펴보는 주제로 영어 논문들을 써가고 있

밤 열 시 양지

다. 이번이 두번째 논문이다. 첫번째 논문 2015.02 Chongshin Theological Journal공표

은 후크마의 배경과 시작된 종말론에 대해 썼었다.

석·박사 논문 심사철

우리 학교는 서울 사당동에 학부와 대학원이 있고, 용인 양지에는 신학 대학원만 소재하고 있다. 월요일에는 주로 사당에 있는 대학원 강의를 가게 된다. 이번 학기에는 아침 아홉 시 강의를 신청했는데, 오늘이 강의 13주차이다. 문제는 강의 시간인 아홉 시에 맞추어 가려면 교통 체증에 걸려서 이번 학기에는 다섯 시에 기상하여 학교로 가곤 했다. 오늘도 여섯 시 넘어 사당에 도착해 차에서 눈을 붙이고 일어나니 추워서 그런가 정신이 멍했다. 웬만해서는 내복을 안 입는데 오늘은 입어야 했나 싶었다. 오늘은 원우들과 죽산 박형룡의 창조론과 섭리론에 대해 같이 공부했다.

이제 바야흐로 석·박사 논문 심사 기간이 도래했다. 올해 조직신학과는 박사논문 제출은 없고, 신학석사[Th.M.] 논문만 열 편이 제출되었다. 그

중 내가 심사에 참여해야 하는 논문은 다섯 편이다. 양지로 돌아와 다섯 편의 논문을 대학원 조교에게 받아서 왔다. A4사이즈로 100여 쪽씩 쓴 논문들이다. 주중에는 교회 현장에서 목회를 하면서 시간내어 논문들을 썼는데 다들 좋은 결과를 얻게 되기를 바란다. 때로 낯선 주제에 잘 쓴 논문이면 심사를 위해 읽으면서 흥미롭고 배움이 크다. 반면에 글쓰기가 시원찮으면 읽는 내내 붉은 펜으로 써주어야 할 것들이 많다.

철학과 독일어

분당 두레교회에 가서 두 번의 설교를 마치고 점심을 먹고 학교로 왔다. 코로나 바이러스 때문에 오후예배를 가정예배로 대체하는 교회들이 많은 것 같다. 오늘 설교를 하러 간 교회도 그러했다. 그래도 외부강사라고 점심을 대접해 주었다.

연구실에 앉아 초기 선교사들을 생각하다가 가까운 책장에 꼽혀있는 칸트의 책을 뽑아서 봤다. 오늘 안식월 떠나신 김용주 목사님^{독일 베를린대학에서 마르틴 루터 전공하심} 서재에서도 칸트의 순수이성비판을 뽑아서 보았다. 1986-89어간에 재학한 계명대학 철학과 시절의 혜택 중 하나는 독일어 원서 강독을 통한 실력 배양이었다. 독일 출신 교수님들이 많았고, 칸트, 야스퍼스, 니이체 전공자들이 있어서 당시 독일어를 읽지 않고서는 철학과 졸업은 불가능하다시피 했었다. 헤겔, 훗설, 하이데거 등도 끊임없이 귓전을 울리던 시절이었다. 강영안 교수님은 7개국어를 넘어 일어공부를 시작하신 때였다. 물론 그후 산스크리트어도 따로 공부하셨다.

고등학교 3년 동안 불어를 공부한 나는 학력고사에서 제2외국어로 불어를 시험쳤고 ~영어 50점 대비 불어 20점 할애된~ 대학에 입학했다. 그런데 철학과는 독어를 해야 한다고 해서 바로 독일어 수업을 들었다. 그리고 2학년 때부터 전공 시간에 강독 수업을 들었다. 칸트가 워낙 강세였던 철학과에서 일찍이 칸트 원서들을 들고 사투를 벌이는게 유행이 되었다. 물론 나는 순수이성비판도 다 읽진 못하고 졸업했다.

지나고 보니 그래도 그 난해한 칸트와 씨름한 덕에 후일 독일어 신학 원서들 읽는데 유익했다. '칸트보다야 쉽고 재미있네'라는 심정으로. 물론 워낙 영어가 강세이다보니 독일어나 화란어 책을 잘 읽게 되지는 않는다.

칸트 독일어 원서

점점 가물거리는 옛 추억이 되어갈 것이다. 1980년대 후반 독일어 책들과 씨름했던 흔적들을 보면 이제는 남의 책을 들여다보는 느낌이다.

캘리그라피

아직 만난 적이 없는 페이스북친구 윤미순 권사님이 써 보내주신 캘리그라피에 헤르만 바빙크의 아버지 얀 바빙크의 육필본을 상·하로 정렬했다. 1848년 젊은 목사 얀 바빙크가 벤트하임 지방의 힐숨교회 담임목사가 되고 나서 칼뱅 라틴어 신약주석을 산 후 내지에 쓴 실제 글씨이다. 하나님의 말씀의 종. J. 바빙크라 썼다. 아마 당시는 퀼펜^{quillpen, 깃}털펜으로 먹물찍어 썼을 것이다. 1848년이면 무려 172년 전이고, 헤르만

이 태어나기 6년 전이다. 사실 칼뱅주석보다 바빙크의 흔적이 보고 싶어 화란 중고서적상으로부터 100유로에 구입했던 7권짜리 주석이기에, 내지를 가위로 잘라내어 눈에 보이는 곳에 두기로 했다. 자유대학내 부설 화란개신교 자료센터^{HDC}에는 바

빙크 육필 자료들도 소장중인데, 아버지의 것이긴하지만 이 자료도 그 곳에 있었어야하지 않을까 싶다.

연구실을 정리할 여유

학교 부임하여 7년 반 동안 내리 달리기만 하다가 연구년 시작 직전에 이제 여유를 가지고 연구실을 둘러 보니 영락없이 정리되지 않은 중고 서점 모양새이다. 그나마 역대 조교들^{주명재 · 김성민 · 김운중 · 김하림 · 이광희}이 매 주 청소를 해준 덕에 책 먼지는 덜 마시고 산 것 같다. 솔직히 실평수 8 평인 연구실^{세면대도 있음}이 좁다고 말하기도 어렵다.

연구실 이곳 저곳 정리하고, 중앙 테이블을 마침내 비웠다.

이제 연구실을 정리 할 타이밍이 도래했다. 지난 주 토요일에 혼자 정리하고, 오늘은 두 제자와 더불어 점심을 먹고 와서 정리를 좀 했다. 일단 이곳 저곳 정리하고, 중앙 테이블을 마침내 비웠다. 서 너명도 같이 앉아 커피 타임을 가지기 어려울 정도로 절반은 책으로 덮혀 있었다. 오늘은 여기까지만 하기로... 책 정리하다 몸살나기 전에... 어짜피 책을 쏙아내는 작업도 혼자서 해야한다. 무엇이 중요한지 판단하는 것은 교수 몫이지 누구 몫이겠는가. 연구실내에 쌓여있는 필요없는 인쇄물들도 많이 비워내어야 한다. 교수 생활에 쌓이는 것중 하나는 온갖 인쇄물들에, 학생들 시험답안지들이다.

30년 전의 캠퍼스를 본다

양지 캠퍼스는 아침부터 안개가 내리 깔리더니 초미세먼지가 기승을 부린다. 그다지 컨디션이 좋지 못한 날들의 연속이다. 그러나 좋든지 나쁘던지 각자의 삶을 살아내어야 한다. 김요나 저 『총신 90년사』[양문 1991]를 열심히 스킵하며 읽었다. 개인이 이런 역사서를 썼고, 100년사는 위원회가 맡아 3부작 대작을 남겼다. 90년사도 흥미로운 책이다.

그러고나서 학회에서 날아온 논문 2편을 심사하고 보고서를 보내었

30년 전 캠퍼스 전경

다. 교수로서 하는 업무 중에는 자기 논문 쓰기와 남의 논문 심사하기
가 포함된다. 특이하고 새로운 주제에 잘 쓰기까지 했다면 배움의 기
회가 되는게 논문심사이다. 때로는 당혹스러움을 느끼곤한다. 강의안
을 보낸거야, 에세이를 보낸거야 싶은 그런 평이한 글들. 또한 전혀 학
문적 포맷을 모르고 쓴 글들. 일일이 수정을 요구하기도 싫진 않다. 그
러나 그런 수정지시를 잘 따르다 보면 논문 쓰는 데도 이력이 생긴다고
할 수가 있다.

　『총신90년사』[1991]에 실린 사진을 본다. 1990년 입학하니 양지 건물이
라곤 이 두 개 그리고 생활관 뒤에 식당이 전부였다. 당시는 도서관도,
예배당도, 교수연구실도 부재했다. 옛 사진을 보며 삭막했으나 희망찼
던 학생 시절이 추억된다.

다섯 시가 되니 눈이 뻔쩍 떠졌다. 새벽 바람을 맞으며 드는 생각, '아. 이제 가을인가?'싶다. 가을 초입인 것은 맞는데, 이번 여름에 워낙 센 더위를 겪은지라 아직은 아니겠지! 싶기도 하다. 그래도 이 좋은 바람을 누려보련다. 한낮의 더위는 더위고, 새벽에 불어오는 시원한 바람은 바람이니까…. 바람이 시원해서 해도 뜨기 전에 급히 산책을 했다. 역시 좋은 선택이었다는 생각이 들었다.

		일	상		

방중 개혁교의학 스터디

1997년 네덜란드 유학에서 돌아온 후 나는 대구 경북 지역에서 15년 반의 기간 동안 목회 사역을 했다. 목회 중에 공부를 마무리하고 모교에서 박사학위를 받았고[2009], 2012년 9월에 모교인 총신대학교신학대학원 조직신학 교수로 부임했다. 학기 중에는 내게 주어지는 강의 사역과 논문 지도, 심사 등으로 분주한 나날을 보냈고, 방학 중에는 연구에 집중하며 바삐 지냈다. 2013년 12월부터는 방중 스터디를 자원하여 인도하기도 했다. 네덜란드의 유명한 개혁신학자 헤르만 바빙크[Herman Bavinck, 1854-1921]의 대작인 『개혁교의학』[전 4권, 20011년 완역]을 교재로 해서 총 여섯 번의 방중 스터디를 인도했다. 때로는 학생들에게 범위를 나누어주고 발표를 지도했고, 때로는 내가 앞서 요약 강의를 했다.

양지는 용인시 처인구의 한적하고 외떨어진 곳에 있다. 학생들이 방학 중에, 그것도 대중교통을 여러 번 갈아타고 찾아오는 것은 큰 수고를 치르는 일이다. 그럼에도 불구하고 이 스터디에는 재학생뿐 아니라 졸업생들까지 수십 명이 참여하곤 했다. 장마철을 맞아 큰 비가 오든지, 눈보라가 치는 한겨울에도, 심지어 메르스 사태가 지나자마자 시작한 스터디에도 모이기를 열심히 했었다.

참여하는 학생들에게도 유익한 시간이었겠지만, 앞서 준비하고 인도하는 내게도 이 시간들은 유익했다.

2014년 겨울방학 스터디 포스터

손등에 박힌 가시

손등에 잔 가시들이 박히면 없는 셈칠 수가 없다. 어제 연구실에 있는 선인장에 손이 찔려 수십 개의 가시가 손등에 박혔다. 뭔가를 서두르다가 선인장을 미처 확인하지 못해 저지른 실수다. 눈이 무척 나쁜 것이 이런 때는 정말 안타깝다. 안경을 벗고 봐도 잔 가시라 잘 보이지 않았다. 내가 뽑고, 동료 교수님이 뽑아주고, 그리고도 집에 와서 핀셋으로 몇 개를 더 뽑았는데도 남아 있는 것 같았다. 아주 사소한 것들이 성가시게 하고 애를 먹일 때가 있다. 문득 혼잣말을 했다. '가시 너까지 애먹이지 않아도 되는데…'

손등에 박힌 잔 가시 수십 개를 각종 방식으로 뽑아내었다. 오늘 신대원·신학원 입시 필기시험 감독을 마치고 돌아와 성가신 가시 하나를 드디어 마무리하고 손등을 쓰다듬어 봤다. 걸리는게 없는 것 보니 이제 미션 클리어인가 보다. 결국 연구실에 있던 문제의 선인장 화분은 내다 버렸다. 5년 전 목회지를 떠나 학교 교수로 부임할 때 화초 하나 없는 연구실 사진을 보고 한 성도께서 화분 몇 개를 보내 주었었는데 선인장은 그중 마지막까지 남은 하나였다. 어떤 화분은 일찌감치 시들어 버렸고, 어떤 것은 집에 가져다 두고, 그나마 5년간 남아있던 것이 선인장 화분이었는데 어제의 사고로 결국은 내다 버릴 수밖에 없었다. 그렇다고 그렇게 마음 써 준 성도의 사랑의 마음을 내다버린 것은 아니다.

일상이 된 병원 내원

총신은 2017년 2학기 들어 가시적으로 학내사태를 겪기 시작했다. 내 개인사도 있어서 이미 건강이 극도로 나빠지기 시작했지만, 학내사태라는 소용돌이에 빠져들고 나서는 더욱 더 악화되고 말았다. 2010년부터 발병한 당뇨병을 약으로 통제해오고 있었는데, 더 이상 동네병원에서는 감당이 안 되어 과거 청년사역할 때 만난 제자가 전문의로 있는 용인세브란스 병원을 내원할 수밖에 없게 되었다.

오늘 용인세브란스 병원을 두 번째 방문했다. 1주 전에 받은 검사 결과, 당화혈색소 수치 11.3에 당수치 450이 나왔다. 원래 손끝을 콕 찔러

검사하는 것보다 피를 뽑아 검사하면 수치가 더 높게 나온다고 한다. 지난 1주일 동안 들쑥날쑥하긴 하지만 수치는 어느정도 떨어졌다. 하지만 당뇨병과의 심각한 싸움을 해나가야 한다.

다음 주에는 자발적으로 계획한 추가 강의를 해야 하고, 학기를 마무리 지은 후에 내 몸 추스르기를 위한 노력을 해야 할 것 같다. 학교 상황이 스트레스를 가중시켰고, 민감한 성격이라 이 개인적 싸움이 만만치가 않았다. 당뇨를 극복하기 위해서는 적절한 식이요법, 운동, 스트레스 피하기, 과로하지 않기, 그리고 충분한 휴식과 밤잠 많이 자기 등이 지켜져야 한다. 누구에게나 그렇게 사는 게 좋을 것이다. 하지만 나를 비롯해 그런 호사를 누리는 이들은 많지 않을 것 같다.

아들이 돌아오는 날

아들이 집으로 돌아오는 날이다. 로마 공화정 시대의 키케로의 말로 기억하는데, 세상에서 나보다 낫기를 바라는 유일한 사람이 자기 자식이라고 한다. 아들과 딸이 자기보다 낫다는 데에 화를 내거나 질투를 할 비정상적인 부모는 없을 것이다. 자녀를 키우며, 가슴이 물녹듯이 녹아내릴 때도 있지만, 감사가 넘칠 때도 있다는 것이 부모들의 공통된 경험일 것이다.

외동인 아들은 한동대 11학번이다. 이번 2월에 졸업인데, 군복무를
포함한 만 7년을 대학생 신분으로 보냈다. 마지막 엑스트라 한 해는 총
학 임원을 하며 학교를 섬기겠다고 자원하여 남았다. 그리고 지진을 비
롯하여 몇몇 떠들썩한 일들을 잘 통과했다. 경주 지진 후 총학 총무국^아
_{들이 총무 [국장]였다}에서 재난 상황시 대피 매뉴얼을 만들어 작년 지진에서는
큰 피해를 줄일 수가 있었다. 큰 인명사고 없이 지나갔다.

그 아들이 7년의 대학생활을 마치고 오늘 귀용^{용인의 집으로 돌아옴}한다. 밤
새 눈이 많이 내렸다. 이제 서울에서 대학원^{경제학} 공부를 시작하게 된다.
학교는 강북에 있어서 용인 집에서 통학하기 어려워 또 떨어져서 살아
야 하겠지만, 홍해^{이스라엘에 있는 바다}보다는 가깝다. 해외동포처럼 얼굴 보기
가 힘들더니 이제는 좀 낫지 않을까 싶다. 여러 모로 감사하다. 눈과 함
께 아들이 돌아온다.

한파 속 연구실

밤새 푹 잘 수 있는 것도 복이다. 그러나 나이가 들고 과민해지니 밤잠
을 푹 자는 날이 별로 없다. 오늘도 다섯 시간을 간신히 자고 일어났다.

7년만에 아들이 돌아오는 날, 밤새 눈이 많이 내렸다.

갑갑하여 사방이 새카맣고 어두운데, 무시무시한 한파의 시작인데도 불구하고 연구실로 나왔다. 아내의 만류가 있었지만, 늘 여섯시에 기상하여 간단히 식사를 한 후에 채비하여 출근하던 학기 중 습관이 있어서 무리를 한 것은 아니다. 집을 나섰을 때는 일곱 시가 가까운 시간에도 깜깜하고 어두웠다. 어제 내린 눈이 학교 입새부터는 얼어 붙은게 타이어를 통해 느껴졌다. 영하 10도 이하의 날씨이니 오죽할까 싶다. 본관에 내리니 이 시간에 누군가 홀로 눈을 쓸고 있는 소리가 들린다. 누구인지 확인하지 않았지만 야간 경비 아저씨일 것이다.

연구실이 양지바른 곳에 있어 한여름에는 햇볕의 뜨거움을 그대로 겪어야 하는데, 그 단점이 한겨울에는 장점이 된다. 낮에 들어온 햇볕 때문에 연구실이 영상의 온도를 유지할 수 있기 때문이다. 아직 난방이 들어오기 전의 연구실에는 약간의 냉기가 느껴지지만 영상 10도는 넘지 않을까 싶다. 열 선풍기를 틀고 앉으니 그럭저럭 견딜 만하고, 이제 뜨거운 커피 한 잔 마시면 몸은 더욱 따뜻해질 것이다. 조금 지난 7시쯤에 중앙난방이 들어온다. 때로는 저 팬 소리가 반갑게 들리기도 한다.

학교 오는 길에 떠오른 성경 본문이 있었다. 마태복음 14장 13절상 반절이다. "예수께서 들으시고 배를 타고 떠나사 따로 빈들에 가시니." 왜 마태복음 14장 13절상 반절이 이 차가운 아침 출근길에 마음에 부닥쳐 오는 것일까? 여전히 차가운 날씨보다 더 차가운 학내사태를 겪고 있기 때문일 것이다.

대형사고 날 뻔한 날

오늘 오후 협동목사로 재직 중인 양천구 신정동 소재 주의교회로 가기 위해 자동차를 운전해 영동선을 타고 가는 길이었다. 광교터널 근처에 이르러 자동차 앞에서 이상한 소리가 나기 시작했다. 갓길에 세워 시동을 껐다가 다시 켰더니 더 소음이 심해지고 가속 페달을 밟아도 가속도 되지 않아서 조심 조심 다시 갓길에 세우고 견인차 출동 서비스를 신청

했다. 21년 운전 경력에 처음 경험한 일이다. 견인한 차는 양지 현대 자동차 공업사에 맡겼다. 견인 과정에서 아찔한 일도 있었다. 주차 자리에 대려고 억지로 시동을 켜서 움직이는데 중간에 시동이 꺼져 버렸던 것이다. 주일에 나들이 마치고 올라가는 차들이 쉴새 없이 지나가는 도로 상에서 어거지로 더 가려고 했다가 중간에 정지했으면 몇 중 추돌사고가 났을지 모르겠다.

오후에 내가 하기로 한 설교는 갑작스레 연락받은 담임목사님이 대신 했을 것 같다. 지난 1월 첫 주에는 담임목사님이 독감에 걸려 내가 갑작스레 오전 설교를 맡은 적이 있었는데, 2월엔 의도치 않게 큰 부담을, 그것도 예배 시작 1시간 전에 안겨드렸다. 황당한 상황과 첫 견인차 시승 경험 등, 좀 전에 겪은 일들 가운데도 하나님의 은혜가 역사하셨음을 고백할 수밖에 없다. 그리고 이제 11년을 채운 차에 대한 고민이 깊어진다.

다시금 성명서 대열에 참여하다

학내 사태 속에서 2017년 9월 25일 주니어 교수들 7인이 탄원서를 쓴 적이 있다. 이틀의 논의 끝에 어제 공표된 61인 교수의 〈3.2 성명서〉에 또 참여했다. 온 세상이 다 알고 있을 만큼 고통하고 있는 우리 공동체의 현실- 아마도 왠만하면 구성원 누구라도 온 몸으로, 온 마음으로 아파하고 힘들어하고 있을 것이다.

그리고 지난 2년 여의 시간 속에 내가 입은 개인적인 상처들도 날카롭고 깊디 깊다. 은연자중하고 지내라는 충언도 있었지만, 훗날 이 시점을 돌아보며 뒤늦은 후회를 하고 싶지 않았다. 결국 작년에 이어 올해도 성명서에 참여를 했다. 제자들이나 아들 보기에 부끄럽지 않기 위해서라도 그리 했다. 어떤 단체 소속이어서도 아니고, 어떤 개인적인 유익 때문도 아니다. 우리 참여 교수님들의 합의된 소망은 단지 고통하고 있는 총신 공동체의 정상화를 원할 뿐이다. 교수, 직원, 학생들이 각자 자신의 자리에서 각자의 소명에 충실할 수 있는 날을 원할 뿐이다.

같은 학교여도 지리적 거리가 크고, 여러 전공들이 나뉜 공동체인데, 이런 합의점에 이른 것만 해도 가히 역사적인 사건일 것이다.

긴 겨울방학 동안 단 하루도 마음 편할 날이 없었고 300-400 사이로 높이 치

אבונן דבשמייה
יתקדש שמך
תיתי מלכותך
תהווי רעותך
פיתתן דצורך
הב לן יומדן
ושבוק לן חוביננ
היך אנן שבקין לחייבינן
ולא עול לן לניסיון אמן

아람어 주기도문

솟은 당뇨 수치를 떨어뜨리기 위해 두 배의 약을 처방받아 복용해야 했다. 올해는 유독 추웠고 양지에는 눈도 많이 내렸다. 거의 매일 연구실에 나가 지냈고, 할 수 있는 대로 100주년기념예배당 앞을 돌면서 주기도문으로 탄원을 올려드리며 보내었었다.

> 하늘에 계신 우리 아버지여
> 이름이 거룩히 여김을 받으시오며,
> 나라이 임하옵시며… ^{마6:9-10}

연구실이 아니라 생활관에서

3생활관 6층에서 내려다 본 양지캠퍼스 전경이다. 우측에 있는 본관은 카메라에 함께 잡히지 못했다. 지극히 평화로운 우중의 학기초 느낌이지만, 실상은 온 세상에 알려졌듯 공동체 구성원들이 감내하기에 너무 버거운 고통으로 신음 중이다. 학교 구성원들은 지금 사망의 음침한 골짜기를 지나가고 있다. ^{시23:4}

지위, 지식, 금력, 재능 등은 하나님께서 맡기신 선물이다. 따라서 청지기적 자세를 가지고 선하게 사용해야 할 일이지 우리는 그것을 악용하거나 오용해서는 안 된다. 그런데 꼭 압살롬의 머리털처럼 함정 · 올

무가 되는 이들이 있다. 그러나 칼로 일어서는 자는 칼로 망한다는 게 예수님의 말씀이다.

현재 본관 연구실 사용이 어려워서 나는 교수 기숙사 2인실 한 켠에 책상을 닦고 앉았다. 안 쓰던 공간인 데다가 2인실이라 많이 낯설다.

갑작스러운 설교 초대

부활주일을 맞아 신정동에 있는 주의교회에서 예배를 드리고 왔다. 협동목사라지만 거리상 매주일 가기는 어려워 설교를 맡을 때와 절기에만 가고 있는데 부활주일 광고 시간에 두 가정의 장례 광고를 접했다.

주의교회 주보

설마 담임목사님이 다 가시지는 않겠지 하고 무심히 듣고 있는데, 돌연 오후 예배를 협동목사인 나에게 부탁한다는 광고를 하셨다. 목회를 오래 해서 교회 상황이 이해 안 되는 것은 아니다. 담임목사님과 부목사님들 다 그 일정을 감당하고 오려면 버겁겠다고 이해가 되서 거절을 못했다. 담임목사님과 나는 신학대학원 반창이었다. 내가 십 년을 넘게 담임목회를 하면서 설교를 많이 한 걸 누구보다 잘 안다. 믿고 맡기니 어쩌겠는가.

그렇다고 설교 원고도 없이 요약지를 만들어 대충 할 수도 없는 일. 오후 예배까지는 아직 시간이 있어서 그 사이 용인 집으로 내려와 부활에 관련된 설교 원고 하나를 프린트했다. 그런데 원고를 읽다가 피곤해서 소파에 잠시 누운 게 그만 잠에 빠졌다. 소스라치게 놀라 깨어나 보니 2시 50분. 원고를 두 차례 더 읽고 언더라인을 해서 집을 나섰다.

5시에 시작인 오후예배 설교는 무사히 마쳤다. 용인과 서울 간 왕복을 하루에 두 번 하긴 처음이었다. 계산해 보니 총 260킬로미터를 운전했다. 오늘 설교한 성경 본문은 데살로니가전서 4장 13-18절이었다.

〈부활의 소망이 있는 교회〉라는 제목으로 전했다. 누군가에게는 이 메시지가 위로와 소망이 되었기를 바란다.

학회 참석

교수의 일상 중 하나는 학회에 참석하는 일이다. 다양한 신학학회가 있고, 봄과 가을에 학술대회가 개최되고는 한다. 때로는 논문 발표를 위해, 때로는 논평을 위해, 그리고 때로는 단순 참여를 위해 가기도 한다. 오늘은 개혁신학회 봄 학술대회가 있어 칼빈대학교를 방문했다. 칼빈대학교는 용인시 기흥구 마북동에 소재한 학교로 개인적으로 첫 방문이었다.

오늘 내가 논평한 김재윤 교수[현 고려신학대학원]의 논문은 교회의 보편성에 대한 논의를 담고 있었다. 보편성[catholicity]이란 주제는 개교회주의, 그리고 교단제일주의가 팽배한 한국 상황에서는 생경하고 불편한 이야기일 수 있다. 그러나 이미 325년에 열린 니케아회의에서 보편적 교회[ecclesia catholica]를 고백했고, 381년에 열린 콘스탄티노플회의에서 '하나의, 거룩하고, 보편적이며, 그리고 사도적인 교회를 믿는다'는 4대 속성을 고백했었다. 칼뱅과 웨스트민스터신앙고백서도 모두 보편성을 다룬다. 더욱이 사도신경에서 거룩한 공회를 믿는다고 고백하는데, 정작 거룩한 보편적 교회 즉, 에클레시아 상타 에트 카톨리카ecclesia sancta et catholica를 그렇게 번역한 줄 모르는 이들이 아직도 많다. 로마교회가 보편적, 혹은 가톨릭이라는 말을 마치 자신의 전유물인 것처럼 사용해 온 결과일 것이다. 실제로 오늘 날 종교개혁 교회야말로 보편적 교회라는 것을 모르는 이들이 많다. 그래서 바빙크는 로마가톨릭이라는 말을 안 쓰고 집요하게 로마교회라고 지칭했던 것이다.

오늘 논문발표를 듣고, 논평을 하며 작년에 베이커Baker사에서 나온 책이 생각났다. 구입해서 살펴보고 싶은 책이다. 책 제목이『로마교이나 가톨릭은 아닌』Roman But Not Catholic이다.

신학교는 무엇을 위해 존재하는가

옥스포드 대학 부총장Vice Chancellor까지 역임한 청교도 존 오웬은 베드포드 대장장이 출신인 존 번연의 문학적 재능에도 탄복했지만, 그의 설교에도 자주 감동받고는 했다. 번연이 런던에서 집회를 할 때마다 오웬은 자주 그 현장에 있었다. 찰스 2세는 그런 오웬에게 왜 대학도 못 나온 대장장이의 설교를 그렇게 열심히 듣느냐고 물었다. 그 때 오웬의 대답한 말이라고 한다.

폐하. 제가 저 대장장이가 가진 설교 재능
들을 가질 수 있다면, 나의 모든 학식을 기
꺼이 다 포기할 것입니다!

존
오
웬

무엇이 중요한지 대학자 오웬은 잘 알았다.
찰스 2세를 향한 대답은 학식과 영성을 겸비했던 오웬이어서 가능했을
것이다.

비오는 주일 오후 슬픔을 당한 동료 교수님의 가정에 문상을 위해 운
전해서 서울 아산병원에 다녀왔다. 돌아오면서 차 안에서 이런 저런 많
은 생각이 들었다. 나도 나지만, 우리 신학교는 무엇을 위해 존재하는
가…. 반 년이 넘는 시간 동안 학내사태로 구성원들이 진통을 겪고 있
다. 오웬의 고백에 빗대어 생각한다면, 학식과 경건이 어떻게 선택사항
이겠는가! 피에타스 에트 시엔치아pietas et scientia, 경건과 학식은 칼뱅과 칼
뱅주의자들의 이상이었다. 경건과 학식은 함께 추구해야 할 덕목이다.
어느 하나만으로는 안 될 일이다.

수업 정상화와 낯선 연구실

자정 넘어 0시 37분 오늘부터 수업 정상화에 대한 안내 문자가 왔다. 수면 유도제를 두 알씩 두 번 먹고도 쉬이 잠을 이루지 못하고 자는둥 마는둥 피곤한데 알람소리에 일어나 아침을 먹고 출근했다. 학교에 도착해 3생활관 들러서 짐을 조금 챙겨서 본관 연구실로 건너왔다. 오늘은 8시가 아니라 9시 45분부터 강의라 조금 여유가 있었다. 뜨거운 커피 한 잔을 끓여 놓고 오랫동안 떠나 있었던 연구실에 적응을 위해 앉아 있었다. 그렇게도 익숙한 공간이었건만 두 달여 떠나있다 오니 썰렁하고 왠지 낯설다.

그간 겪었던 학내사태의 근본 원인들은 정리되어 가는 중이다. 분명한 것은 전환점을 돌아섰다. 후속 조치들과 정상화 과정이 남아있다. 학칙에 따라 수업일수 최소치 12주를 채워야 한다. 과목들마다 오후시간과 야간 보강이 불가피하다. 양심에 따른 수업거부자들은 지금부터 시작되는 모든 수업에 단 한 번도 결석없이 필참해야 한다. 12주는 과락이 결정되는 선이지 한두 번 빼먹어도 되는 것이 아니기 때문이다.

그나저나 공동체 내에 일어난 갈등과, 크든 작든 분열의 골을 메워가는 것이 또 하나의 과제로 남을 것이다. 이런 저런 방식으로 상처입은 영혼들이 너무 많기 때문이다. 나도 예외가 아니다. 총신 공동체 위에 특별한 은혜가 필요하다. 또한 이 수 년의 역사를 잊지말아야 한다. 다시 반복되지 않기 위해 분명하게 선을 그어야 한다. 총신은 예장합동 총회의 신학교이기에, 교단의 적정한 지도와 전폭적인 지원 아래 있어야 한다. 어느 개인이나 집단이 정관을 마음대로 바꾸거나 이사회를 장악하는 일이 불가능하도록 제도적 장치도 마련해야 한다. 아니 권한을 가진 분들이 이 일을 해 주시기를 바란다.

보강

수업이 정상화되고 교수회 결정에 따라 보강을 하기로 했다. 첫 보강일정을 선택했고, 7-8교시 100주년기념채플 중강당에서 〈개혁신학의 특징 8가지〉에 대해 강의했다. 캐픽과 밴더 러트의 『개혁신학용어사전』도서출판100에 잘 정리된 내용을 소개하는 것이다. 작은 분량, 저렴한 책 값에 300개의 용어, 학파, 인물소개가 되어 있다. 양지에서도 사랑받는 용어사전이다.

오전 네 시간 강의, 채플, 그리고 보강까지 예상한 대로 몸에는 과부하가 걸리지만 내일 한 번 더 동일한 일정을 밟아야 한다. 이렇게 해서라도 원우들에게 유익을 끼칠 수 있다면 기꺼이 해야할 일이다. 그나저나 100주년기념채플에 있는 중강당이 350석이라더니 다섯 개 반이 모이고 보니 공간이 가득 찼다. 무슨 수련회 강사가 된듯 열심히 강의했다. 하루 일정의 무게에 눌려 졸기 쉬운 시간대였지만 내 목소리 톤이 높아 졸기 쉽지 않았을 것 같다. 수강대상자가 아니지만 자발적으로 보강에 참석한 조교 김하림 전도사는 강의 사진을 찍어주었다. 이렇게 정상적으로 모여 강의를 하고, 수업을 참석할 수 있다는 것이 얼마나 감사한 일인지 모른다.

사람이 우상이 되는 시대

아무래도 사람들은 하나님보다 우상을 더 좋아한다. 눈에 보이는 조각이나 화상, 애니미즘과 토테미즘에서부터 어느 시대나 존재했을 법한 인간숭배와 이념숭배에 이르기까지…. 나로서는 기독교인들이 초월적인 사고, 따라서 진정 비판적일 수 있는 사고를 버리고 인간 지도자나 어떤 이념에 푹 빠진 경우들을 보면 당황스럽다. 그래서 그게 말이 되냐고 반문할 이도 있겠으나 극좌와 극우를 모두 경계한다. 왜 나는 카리스매틱charismatic한 자질이 없었겠는가마는 목회를 할 때에도 사람들이 나라는 목회지도자에게 맹종하지 못하도록 경계했었다. 하긴 그렇게 신화화를 거부하니 '너 뭐냐'고 코뿔소처럼 들이받는 이들도 가끔 있었다. 그래도 나는 인간은 인간일 뿐, 이념은 그냥 생각일 뿐이라고 생각한다. 신학교도 예외는 아니다. 하나님 대신 인간, 성경 대신 사상이 사람들을 사로잡아 휘몰아갈 수 있다. 달리는 부당하게 무시하며 다른 극단을 가기도 한다.

내일 인도해야하는 신대원, 신학원 새벽기도회 본문인 신명기 8-10장을 읽고 묵상하다가 페북을 보며 다시 또 절실하게 드는 생각이 있다. '우상이 아니라 하나님을 경외하라.' 인간의 소리가 아니라 그의 말씀을 청종해야 한다. 신명기의 키워드는 '기억하라'히, 자카르가 아닐까 싶다.

전력질주하다 보면

복잡하고 불가형언이던 1학기가 저물어간다. 수업이 제대로 재개되면서, 시간마다 견인perseverance의 은혜를 구하곤 했었다. 드디어 다음 주 화요일 강의로 양지에서의 강의 스케줄은 끝이 나게 되고, 기말고사 기간이 이어진다. 대학원은 사흘치의 강의가 남아있다.

18일 예수비전교회에서 강의할 〈조나단 에드워즈의 부흥관〉 원고를 내일까지 전송해 주어야 한다. 주최측에선 10-15쪽 분량에 각주와 참고문헌 첨부를 요청했었다. 초록^{abstract}만 붙이면 논문 1편이 된다. 아무튼 거대한 기대로 시작했던 원고 준비는 개인사와 공동체적인 고난의 세월을 지내면서 개관 정도의 수준에서 마무리를 지었다. 분량은 22쪽이 나왔으며, 도지원목사님께 미리 양해를 구했다. 용인 시내의 병원에 내원하는 아내를 태워다 주고 까페에 앉아 원고를 찬찬히 다시 읽었는데 두세 곳의 문장이 어색해 10여 곳은 수정과 추가 작업을 했다. 23쪽으로 늘어날 것 같다. 잘 고쳐서 내일 파일을 전송하고 일단락을 지어야겠다.

학교의 일이나 부흥론 발제 원고 준비나 견인의 은혜를 힘입었다. 그런데 전력질주·전력투구하는 과정을 통해 골인 지점에 이른다. '하나님은 우리 없이 우리에 대항해서가 아니라, 우리 안에서 우리와 함께 일하신다'는 존 오웬의 말이 절실하다. 부디 원우들도 그렇게 은혜를 힘입고 골인들 하시를 바란다.

신앙감정론 종강을 앞두고

석박사 과정에 개설한 〈조나단 에드워즈의 신앙감정론〉 강의도 숱한 사연들을 남기고 이제 다음 주 월요일에 종강을 하게 된다. 원래는 수강자들이 범위를 나누어 연구하고 발표하는 형태여야 하지만, 학내사태를 겪으면서 결국 내가 계속해서 강의하는 형태로 진행되었다. 수강자들은 『신앙감정론』에 나타나는 신앙의 본질에 대한 텀 페이퍼를 써서 제출하는 것으로 끝을 내야 한다. 이제 적극적 표지 12번 〈그리스도인의 실천〉에 대해 강의하고 험한 여정을 끝맺게 된다. 에드워즈의 글 한 자락을 곱씹어 본다.

참된 은혜보다 더 활동적인 본질을 가진 것은 하늘에도 땅에도 없다. 왜냐하면 은혜는 생명 그 자체이며 가장 활동적인 생명이고 심지어 영적, 신적 생명이기 때문이다. 은혜는 열매를 맺지 못하는 것이 아니다. 그 본질에서 은혜보다 열매를 맺고자 하는 더 큰 경향성을 가진 것은 이 세상에 결코 없다.

'참된 신앙은 대체로 거룩한 감정에 있다'고 시작한 신앙감정론이 성령의 조명과 감화를 받은 마음의 지식 머리의 지식 포함에 이르고, 본성에 변화에 이어 결국은 실천 혹은 열매맺음에서 드러난다는 점을 강조함으로

끝을 낸다는 것이 놀라웁다. 662쪽에서는 '얼마나 은혜로운지는 얼마나 실천했는지에 따라서만 정당하게 측정될 수 있다.'고 말하기까지 한다.

군산 나들이

오늘은 선배가 목회 중인 군산 대한교회에 수 년만에 방문해 예배를 드렸다. 호형호제하진 않아도 집안에서 장남인 나에게는 형님같은 목사님이다. 1985년 고 3때 전도사님으로 처음 만났고, 나중에 신대원도 엇비슷하게 다녔다. 목사님은 군산에 교회를 개척한지 20년이 차간다. 그동안 여러 번 방문하여 이곳저곳 다니다보니 내게 군산 일대는 어느덧 익숙해진 곳이다. 오늘은 교회가는 길에 군산하구둑 쪽을 돌아서 갔다. 금강하구는 군산과 장항이 마주보고 있다. 새만금 개발때문에 많이 한산해진 곳이기도 하다. 부교역자 시절을 보낸 대구에서 군산으로 훌쩍 가곤 했었는데 힘든 마음이 치유되곤 했다. 혼자 왕복 500킬로미터를 운전한걸 보니 젊긴 젊었었던가 보다.

목사님 사택에 들어서 서재에 걸린 1996년 1월 사진을 봤다. 암스테르담에서 유학하던 시절, 독일에서 언어공부 중이던 목사님이 찾아와 같이 3일 기차여행을 한 적이 있는데, 그때 잔스 스칸스^{Zaanse Schans} 풍차

네덜란드 유학 시절에 잔스 스칸스^{Zaanse Schans} 풍차마을에서 어색한 포즈로 찍은 사진.

마을에서 찍었던 사진이다. 22년의 시간이 흘러서 그런지 생경하게 느껴진다. 둘 다 고개를 숙이고 있는 포즈인데 이 어색한 사진을 찍어준 사람은 사진을 찍어주고 돈을 받아갔다.

정말 오래간만에 목사님 설교를 들었다. 아마 20년 더 된 것 같다. 목사님의 설교는 간단명료했고 감동이 느껴졌다.

고향과 본향, 그리고 '그리움'

C. S. 루이스는 독일어 단어인 젠주흐트^{Sehnsucht:그리움,동경,갈망}를 좋아했다. 이 단어는 영어 단어 yearning으로 다 담아낼 수가 없는 단어이다. 40년

대 초반 루이스를 알게된 로이드 존스는 젠주흐트에 해당하는 웨일스어 단어인 히라이스hiraeth:향수병가 강렬했다. 지상에서는 자기의 본토인 웨일스에 대해, 그리고 영원한 본향인 하늘에 대한 히라이스를 품고 살았다.

로이드 존스는 어린시절 트레가론 중등학교에 입학하여 주중엔 부모님을 떠나 하숙집에 살아야 했다. 그곳에서 형과 함께 지내다가 나중에는 동생까지 함께했는데, 늘 부모님 집에 대한 히라이스가 있었다고 한다. 장성해서 설교자로 다른 지역에 오가다가 기숙학교로 돌아가기 위해 오른 기차 안에서 엄마와 헤어져 눈물을 터뜨린 어린 두 자매를 보고, 읽고 있던 책으로 얼굴을 가리고 한참 울었다는 일화도 있다. 어린 시절의 히라이스가 되살아났던 것이다.

그러나 루이스도 알았고 로이드 존스도 알았던 대로 이 지상에는 영원한 본향이 없다.

우리가 여기에는 영구한 도성이 없으므로 장차 올 것을 찾나니히 13:14

우리 존재의 깊은 젠주흐트 - 히라이스는 천국이든 신천신지든 삼위일체 하나님 앞에 살 때 온전히 성취되어질 것이다. 온갖 상처, 애환, 트라우마, 노이로제, 히스테리 등등 다 없어진 자유로움을 누릴 것이며 온전한 회복을 통해 타락 전 아담보다 더 높은 총체적 구속을 누릴수 있

게 될 것이다.

이 무더운 여름 사역을 하며 주일을 준비하기도 하는 가슴들 마다에
진정한 히라이스가 고동처럼 느껴질 수 있었으면 좋겠다.

가을 산책

군복무를 포함해 총학에서 총무로 봉사한 1년을 마무리한 아들이 한동
대 7년을 마치고 서울에 있는 대학원에 진학하면서 남서울교회 청년부
에 처음 등록했다. 낯설 텐데도 무던히 잘 적응하고, 새신자교육도 받
고, 이번 여름에는 섬 봉사활동도 다녀왔다. 40도 가까운 무더위에 완
도 끝 외진 마을에서 팀원들과 함께 이런 저런 봉사를 많이 했다고 한
다. 방학 중에는 GRE학원에 다니며 공부하느라 바쁜데도 여름 수련회

에 자진하여 참석하고 온 걸 보니 기쁘다. 내가 교회 전임사역과 담임 목회를 하던 시기에 자란 아들이어서 고생이 많았다. 하고 싶은 것들 마음껏 하지 못했고, 10대 중반까지는 야단도 치고 간섭도 다소 했었지만, 그 이후로는 지켜봐 주고 기도해주면서 할 수 있는대로 뒤에서 도와주는 역할만 했다. 무엇이든 억지로 할 일이 아니고 스스로 알아서 하는게 좋으니….

어제는 오랜만에 아들과 같이 저녁을 먹고 돌아와 긴 대화를 했다. 늦은 밤 잠을 청했는데, 다섯 시가 되니 역시 눈이 번쩍 떠졌다. 새벽 바람을 맞으니 이제 가을인가 싶다. 가을 초입인 건 맞는데, 이번 여름이 워낙 유난맞게 더웠던지라 아니겠지 싶기도 하다. 아무튼 카르페 디엠Carpe diem: 이 순간에 충실하라, 그 날을 붙잡으라Seize the day이다. 이 좋은 바람을 누려보련다. 한낮의 더위는 더위고, 새벽에 불어오는 시원한 바람은 바람이다. 바람이 시원해, 해도 뜨기 전에 나는 급히 산책을 했다. 역시 좋은 선택이었다는 생각이 들었다.

은사의 장례식

차영배 교수님1929-2018 장례식장을 다녀왔다. 최홍석 교수님과 사모님을

1년여 만에 뵈었다. 낮 시간이라 장례식장
은 한산한 편이었으나 총신, 고신, 부산장
신, 성경신학대학원 등과 여러 학회 활동을
하신 분이라 기억하고 추모하는 분들의 발
길이 많을 것이다. 미국에서 활동 중인 아
들 차재승 교수님은 저녁에 도착 예정이라
상면하지 못했다.

인생의 현주소를
분명히 보여주는 전도서.

　어제 아침 식사시간에 잠시 더 쉬었다가
드시겠다고 하시고 들어가신 후 잠시 뒤 소
천하셨다고 한다. 당도 혈압도 다 정상일 정
도로 무병장수하시더니, 죽산 박형룡처럼 그렇게 끝맺음 하셨다. 중년
이 되고보니 이런 임종이 사모되어진다. 다만 임종 전 가족들에게 인사
할 여유는 있었으면 좋겠다.

　은사는 수 년 전 장서들을 모두 어느 신학교에 기증하시고, 성경만 읽
으셨다고 한다. 돌아가시고 펼쳐져 있던 부분이 전도서였다고 한다. 인
생에 대한 의미있는 책을 마지막으로 읽으셨던 것이다.

　문상을 마치고 문을 열고 나서니 그제사 가슴이 뭉클해졌다. 90-93년
조직신학 스승이셨고, 교수님의 삼위일체론 저작물은 최근에도 학생
들과 열심히 읽은 적도 있다. 더욱이 나는 교수님이 19년간 재직하셨던

조직신학과 교수로 부임하여 6년을 채워가고 있으니…. 언제고 논문을 한 편 쓰리라 생각해 왔는데, 이제 그 시기가 무르익은 것 같다. 나로서는 교수님의 성령론에 대해 비판적 평가를 하게 될 것 같다.

도서관장이 되다

새벽 6시에 일어나야 하는데 전전반측하는 밤을 보냈다. 저녁에 조지아 고티카를 한 병 마신 탓일까, 아니면 이미 리폼드뉴스를 통해서도 공표된 새로운 교원 보직 발표 때문일까.

늘 책을 끼고 살다보니 양지 캠퍼스 도서관장이라는 중책에 임명을 받게 되었다. 평소 은퇴하신 은사 한 분의 지론대로 '총신에서의 최고 보직은 무보직^{평교수}이라'는 말씀을 6년 반째 곱씹곤 했는데, 어쩌다가 처

도서관장실 내부

음으로 보직을 맡게 되었다. 그나마 적성에 맞아서 해볼 만할 것 같긴 한데, 이미 중반을 지나고 있는 2학기 강의 로드가 너무 많다는 게 걱정이다. 학과 선배 교수님들이시기도 한 김광열 총장 직무대행님이나 이상원 신대

원장님께 누가 되지 않아야 할 텐데 싶고, 교수들, 직원들 그리고 원우들을 위해 좀 더 나아지는 도서관이 되도록 진력해야 할 거라는 생각이 든다.

최근 수 년 사이 내부 리모델링을 했지만, 건물의 기본 골격은 90년대 초반 신대원 재학 중일 때 공사를 시작했으나, 재정난으로 내가 94년말 양지를 떠날 때까지 도서관이 완성되는 것을 보지 못했었다. 당시 원우회 중심으로 재정 마련을 위해 전국교회 비누 판매까지 했던 것을 기억한다. 학생들이 공부하기에도 바쁜데 도서관 공사비 마련을 위하여 비누 판매를 하고 다닌다는 것을 아신 고 옥한흠 목사님께서 안타까워 하시면서 3억인가 4억인가를 교회를 통해 기부하시기도 하신, 사연이 있는 도서관이다. 나의 목회 시기에는 외서 수백 권을 이 도서관에 기증하기도 했었다. 앞선 시대에는 보직 임명도 시작 일만 있고 종료일 표기도 안 하더니 이제는 2년 임기를 명시해 주었다.

잘 정리된 과제물

교수 생활하면서 가장 수고스러운 일

중의 하나는 학생들이 제출한 과제물이나 시험지를 잘 읽고 합당하게 평가하는 일이다. 내가 쓴 『개혁파의 종말론의 관점에서 본 요한계시록』의 특징들에 대한 과제물을 채점하며 눈에 확 들어오는 과제물앞 쪽 사진이 있었다. 단점들이 많겠으나 이 원우는 책의 장점들을 발견했고, 용비어천가 스타일이 아니라 절제된 스타일로 정리했다.

위 베어 베어스 카툰

중년의 나이에 애니메이션을 보고 좋아할 수 있다는 것을 영화 피터 래

빗Peter Rabbit, 2018을 통해, 그리고 위 베어 베어스We Bare Bears를 통해 진하게 느낀 한 해였다. 학교가 어렵고 말 한 마디 쉽게 토해내기 어려웠던 지난 겨울에 시작하여 여름까지 난 위베베 카툰들을 많이 찾아보았다. 한글버전이든 영어버전이든 유튜브에서 볼 수 있는건 다 보려고 했다. 인간 삶을 반영하고 있기도 하고, 질적

으로 다른 세 종류의 곰들이 형제가 되어 살아가는 모습이 인상깊었다. 또한 천재 소녀 클로이 박의 등장으로 한국인들에게 친화적인 애니메이션이기 탄생했다고 본다.

주변에 물어보면 국내에서는 생각보다 많이 유명한 것 같지는 않다. 난 이 세 마리 곰들을 가지고 만든 카톡 이모티콘 4종을 다 구비해 활용 중이다. 미니어쳐 인형은 누군가에 선물받은 것이다. 반년을 책 위에 서있다. 지칠 때 가끔 쳐다보며 애니메이션에서 각자 연출해내는 특징들을 연상하면서 빙그레 웃기도 한다. 가끔은 일상에서 아이스베어의 짧지만 시크한 대사를 흉내내어 보기도 한다. 심지어 한결같이 뚱뚱하여 곰스러운 세 형제를 보며 즐거워 한다. 곰스러운 거니까.

늦가을의 정취

한 주의 끝이다. 이 주체할 수 없는 늦가을의 정취를 어쩌해야 할지. 한 주의 무게에 짓눌리지만 차가운 늦가을 속을 걸어본다. 외투를 입지 않고 슈트만 입고 나섰다가 다시 들어와 외투를 입고 혼자 걸었다.

양지캠퍼스는 금요일 채플이 끝나고 나면 썰물 빠지듯 귀가들을 한다. 때로는 차가 수백 미터 줄지어 나간다. 족히 500대 이상은 되지 않

을까 싶다. 그렇게 금요일 오후 캠퍼스는 갑자기 적막강산으로 변한다. 조용하고 스산한 늦가을 캠퍼스 산책도 나름 운치가 있었다.

화요일 당뇨약을 교체했는데 약이 많이 세진 것 같다. 적응하는데 조금 시간이 걸리는 듯하다. 도서관도 풀어야할 문제들이 접수되니 고뇌 시작이라 산책하며 여러 상념에 젖었더랬다. 종이 한 장 붙여 해결 되는 시대도 아니니 고민을 더 해봐야 할 것 같다. 공동체가 카오스^{chaos, 혼돈}로 갔다가 코스모스^{kosmos, 질서잡힌 세상}로 되돌아가는 것이 쉬운 일이 아니다.

오전강의와 저녁강의 사이

가까운 친척의 소천 소식을 받았다. 강의 일정과 보강하기 어려운 여건

탓에 부득불 강의와 강의 사이를 이용해 문상을 다녀왔다. 용인에서 포항간 왕복으로 총 600킬로미터가 조금 덜 되는 거리였다. 어제 11시경 전화로 소천 소식을 듣고 잠을 설친 데다가 오전에 네 시간을 강의하고 바로 시동을 걸어 출발했더니 가는 길 내내 피곤하고 졸렸다. 영천 쯤에서 몇 분간 눈을 붙이긴 했지만 가며 오며 양지에서의 신앙감정론 90분 강의음성파일 4개를 들으며 버텼다.

이미 암으로 인해 예고된 소천이지만 방학때 쯤이면 장례식에 온전히 참여할 수 있겠다 싶었는데, 하나님의 때에 소천받아 가셨다. 내 어린 시절 고향에서 이런저런 추억을 많은 공유한 분이셨다. 이렇게라도 다녀오니 인간 도리는 하나 싶다.

저녁 강의를 앞두고 돌아오는 길에 잠깐 휴식을 가진 후 은혜로 살아 돌아왔다. 이 무리스러운 여정을 소화하며 드는 생각은 11월말까지 기한 잡힌 영어논문을 쓰고 말자는 다짐이었다.

겨울 방학 시작

어제까지 기말고사 기간이었으니 오늘부터 겨울방학의 시작이다. 1학기는 말할 것도 없고, 2학기도 많이들 힘든 시간을 보냈을 것이다. 원우

회복의 시간을 소망하며 눈 위에 헬라어로 '하나님의 나라'를 손가락으로 써보기도 했다.

들 모두 학기 끝까지 완주할 수 있도록 견인의 은혜를 구하곤 했었다. 더러는 지치고 곤고해서 방학이 실감도 안 느껴지는 사람도 있을 것이다. 바로 주말·주일 사역에 돌입했을 터이니….

눈 덮힌 개교 백주년기념예배당 앞에 다시 서본다. 지난 1-2월이 팝업처럼 떠오른다. 눈덮힌 예배당 앞 마당을 혼자서 수십 바퀴씩 돌며 주기도문으로 기도하곤 했었다. 하나님의 나라가 여기 임하옵소서. 귓전을 스치는 차가운 바람보다 마음이 더 차가웠고, 앞날이 어둡게만 보였던 시절이었다. 과연 현재와 같은 회복의 시간이 돌아올지 믿어지지 않았었다. 눈 위에 헬라어로 하나님의 나라를 손가락으로 써서 눈으로 기도하는 심정이 되기도 했다. 이제 학교는 정상화의 과정을 밟고 있다. 그러나 아직 가야 할 길이 멀고, 넘어야 할 산이 많다.

범사에 감사할 수 있을까

토요일 아침이다. 아내와 다보스병원에 내원했다. 아내는 대상포진 주사를 맞고, 나는 근처 에그로까페에 앉아서 대기했다. 입원까지 예상하고 왔는데, 상태가 지속적으로 주사바늘을 꼽고 있을 조건이 아니라며 입원도 하지 말라고 했다. 눈을 부비며 일어나 입원을 위해 짐까지 챙겨서 왔는데 다행이다. 2014년 가을부터 시작된 아내의 투병생활은 다양한 양상으로 진전되고, 엎치락 뒷치락하며 안정국면도 왔다가 올해 아버지의 갑작스런 교통사고 때 대구에 내려갔다 온 이후 기본적인 병증들 외에 장기적인 대상포진으로 씨름 중이다.

그러한 몇 년간 학교도 사망의 음침한 골짜기를 지나던 때도 포함된다. 덩달아 내 당뇨 수치도 천정부지에 이르고, 강한 투약으로 끌어내리다보니 컨디션이 좋은 때가 별로 없다. 덩달아 수면 아래로 자꾸 가라앉는 느낌이 들곤한다.

학기가 종료되고 맞는 이른 아침, 쉬어야 했지만 짐까지 챙겨 병원에 오면서 멍한 상태에서 스스로 되물었다. '범사에 감

정기적으로 내원하는 다보스병원

사하라고? 항상 기뻐하라고?' 과연 이러한 오랜 역경의 행군 중에도 감사할 수 있을까 싶었다. 각자에게 주어지는 기쁨이나 고통이 다 같은 잣대로 잴 수 있는 것이 아니다. 어쨌든 더 큰 질고와 씨름하거나 장기적으로 투병 중인 분들, 그리고 간병하는 가족들이 대단히 존경스럽다. 초인처럼 보인다.

협동목사로 재직 중인 주의교회^{양천구 신정동}에서 내일 오후에 빌레몬서 18-22절 설교를 할 차례여서 이 와중에도 다시 한 번 더 책을 읽는다. 내일 끝맺으려 했는데 한 번은 더 시간을 가져야할 것 같다. 짧은 25절을 가지고 180쪽 책 한 권이라니. 하나님께서 열어주신 진기한 연속강해였다. 책도 참 잘 만들어 주었다. 아직도 멋지게 느껴진다.

민들레교회

7월의 첫주일이다. 오늘부터 4주 동안 동네에 소재한 민들레교회에서 주일설교 일정이 시작된다. 앞서도 세 번, 설교할 기회가 있었다. 아내가 투병을 시작한 이래 멀리 다닐 수 없을 때 예배에 참석하기 시작한 소위 동네교회이다. 물론 만남의 시작은 권혁재 담임목사님이 내가 인도하던 방중 바빙크세미나에 참석하면서였다.

교회는 내가 보기엔 주일출석이 5-60여 명 선으로 대가족 같다. 개척한지 사반 세기쯤 된 교회로 부교역자 없이 목사님 혼자 사역하시는데 강해설교와 교리교육, 묵상집과 함께하는 새벽기도회에 소신있는 목회를 해오셨다. 교회 규모가 작아서 좋은 점 중 하나는 성찬식을 매

신실하고 충성된 공동체, 민들레교회

달 첫주에 한 번씩 한다는 것이다. 오늘은 내가 집례를 해야 한다. 인원이 적다보니 성찬식 시간은 5-7분이면 충분할 듯하다.

25년 전 이곳에 개척을 하고, 꿋꿋하게 자리를 지키고 있는 선배 목사님이 존경스럽다. 1987년 총신 졸업 후에 번역가로도 활동했고, 지독히 어려운 교회에서 10년 동안 부교역자로 사역한 후에 양지에 개척을 하셨다.

이 교회를 보면 예전에 시골목회를 하면서 혼자 동분서주했던 나의 옛 기억도 소환이 된다. 요즘은 스펙이나 커리어를 중요하다고 여겨 큰 교회들만 가고 싶어한다. 심지어 서울에 소재한 작은 교회들조차 사역자 구하기가 어렵다는 하소연을 듣는다. 하지만 이렇게 작은 교회나 시골교회 목회도 중요하고, 젊은 사역자들에게는 훈련의 코스 중 하나라는 점을 원우들이 알아주면 좋겠다. 목회 성공이라는 게 규모와 연관되어 평

가 되어야만 하는 것도 아니다. 중요한 평가지수는 신실함과 충성이다. '한 방향 속에서의 장기적인 순종'A Long Obedience in the Same Direction이 중요하다.

한 달의 여정 끝

7월의 넉 주간 맡았던 민들레교회의 주일 오전 강단사역을 마쳤다. 넉 주 동안 당직을 선 듯한 느낌이 들었다. 목사님 혼자 모든 사역을 감당해야 하는 작은 지역교회로서는 이런 쉼의 시간을 가지기가 어려운데, 개척 후 25년 만에 권 목사님은 넉 주간의 안식월을 누리셨다.

2001-2007년 사역한 박사교회 담임 시기에 때로 부교역자가 한 명 있긴 했으나 거의 올 라운드 플레어로 사역한 적이 있어 선배 목사님의 사정을 공감해 일찍이 7월 달력의 4개 주일에 마크해 두었었다. 중간에 연락해온 교회들 중에 다시 가보고 싶거나 기회가 그리 자주 오지 않을 교회도 있었으나 사정을 이야기하고 고사했다.

지난 넉 주 동안에는 주기도문을 다시 상고했다. 8주 정도는 필요한데, 4주 분량으로 줄여서 나누었다. 그러다보니 엉성해진 느낌이 든다. 연초부터 지워졌던 마음의 짐 하나를 오늘로 벗게 되었다. 양지는 비가 많이 왔고, 지금도 잔뜩 찌푸리고 있다.

도서관 명칭 변경

오늘은 연구일이지만 슈트를 입고 출근했다. 오전에 도서관 명칭변경 행사에 가기 위해서다. 테이프 커팅에 참여하고 안 하고는 중요하지 않다. 박형룡 박사 기념도서관의 시작을 보는게 중요해서다. 프린스턴에는 핫지홀이니 알렉산더홀이 있다. 예일에는 당국이 퇴학시켰던 브레이너드의 이름을 붙인 공간이 있다. 한신에는 장공도서관이, 장신에는 한경직기념예배당이 있다. 그러나 총신은 오랫동안 1948년 남산 장로회신학교의 설립에 주요한 기여를 한 죽산을 기념한 공간이 없었다. 나는 기념을 말했지, 숭배를 말한 것이 아니다. 적어도 역사는 기억해야 하지 않나 하는 것이다.

아침에 펼친『칼뱅선집 총서』II권 892쪽 취리히합의서의[1549] 한자락에서 루터파 공재설에 비판적이던 칼뱅은 루터를 낮게 말하지 않는다. 이미 루터가 소천한지 3년 후임에도 불구하고 "내가 갖고 있는 그에

양지도서관에서 명칭을 바꾼 박형룡도서관. 총신과 박형룡 박사는 뗄려야 뗄 수 없는 관계였다. 평생을 경건하고 성실한 학자로 본보기가 된 그의 이름으로 후학들이 공부하는 공간인 도서관명이 개칭된 것은 의미 있는 일이다.

대한 존경스런 기억과 내가 참고하길 바라는 명예를 갖춘 사람"이라고 칼뱅은 말한다.

만세지탄의 감이 있지만 이제라도 양지도서관을 박형룡 박사의 기념도서관으로 개칭하게 되어 감사하다. 총신과 박형룡 박사는 뗄려야 뗄 수 없는 관계였고, 일평생 경건하고 성실한 학자로서 본보기가 되어주셨는데, 그의 이름으로 후학들이 공부하는 도서관이 개칭된 것은 매우 의미있는 일이다.

강의하며 은사를 그리워함

하나님의 형상 회복은 십자가의 피의 복음을 전하는 길 외에 다른 길이 없다는 사실을 믿고 실천해야 합니다. 이로써 깨어진 형상 회복은 가능하게 되며, 그리고 그 형상 회복에서만 본래적인 인간의 아름다움이 나오게 될 것입니다. 이와 같은 인간을 존경할 것은 없지만, 존귀하게 여겨야 할 존재임에는 분명합니다. 그 이유는 인간이 하나님의 형상이라는 사실에 있습니다.

은사 최홍석 교수님의 후기 주저 『인간론』,서울: 개혁주의 출판사, 2005 181쪽에 나오는 내용이다. 2학기에 주력하여 가르치는 과목인 〈인간론과 종말론〉

5주차 강의는 인간의 구조적 본성을 마무리짓고 인간의 본질로서 형상론까지 진전하기를 소망한다.

최홍석 교수의 『인간론』 표지 중 일부

2015년 가을학기에 마지막으로 인간론 강의를 하셨던 은사 최홍석 교수님은 형상론을 강의하다 종강하셨다. 나는 4반 수업에 들어가서 앉아 은사의 마지막 강의를 들었다. 알퐁스 도데의 〈마지막 수업〉의 한스 심정도 느꼈었다. '하나님 앞에서의 인간 존재'Coram Deo-Sein des Menschen를 잘 보여주시고 가르쳐 주셨던 스승이셨다.

은사가 은퇴하신 후 2016년 인간론 강의는 내게 주어졌다. 현재 나는 종말론과 인간론을 묶어 4년째 강의 중이다. 종말론은 긴 세월 씨름했던 분야이지만, 인간론은 연구가 필요했다. 초기에 최 교수님의 인간론을 네 번 정독했고, 최근 출간한 『박형룡 신학과 개혁신학 탐구』솔로몬 2019에도 수록된 두 편의 논문도 작성하여 학회지에 심사를 거쳐 발표도 했다.

인간론을 가르칠 때마다 은사에 대한 그리움이 더욱 강하게 와닿는다. 은퇴 후 명예교수이시나 학교에 일체 출입을 끊어버리신 그 단호함을 뉘 말릴까. 이제 내년이면 칠순을 맞으시는데, 새로운 책을 내며 헌정사를 써서 축하를 드리고자 한다. 위에 은사의 글귀처럼 존경을 거부하시겠으나 잊지 말아야할, 아니 잊혀질 수 없는 스승이다.

귓병

네 개의 강의 후 채플 인도까지, 긴 하루가 끝이 났다. 왼쪽 귀에 문제가 있는 상태에서 첫 반 수업에 들어갔는데 마이크가 안 좋았는지 목이 가버렸다. 두 번째 반에서 상황을 설명하고 양해를 구했다. 시작기도를 부탁하니 나이 드신 원우가 나의 치료를 위해 기도해 주었고, 또한 기도하며 듣게 해 달라고 기도해 주었다. 감사하게도 4반 강의하는 중에 목 상태가 조금 나아졌고, 부담 속에 채플을 인도했다. 목이 불편했으나 목소리가 나오니 남들이 듣기엔 그닥 힘들어 보이지 않았을것 같다.

일정을 마치고 동료 교수님이 운전하여 식당까지 함께 가주어 감사했다. 오후 5,6교시에 있는 중국어 통역 수업도 시간을 다 채워 강의하고, 마지막 남은 네 원우 상담도 마쳤다. 그러고나서 부랴부랴 서둘러 용인 시내로 나가서 이비인후과 치료를 받았다. 내일도 오라고 하니 6교시 강의 후 또 내원해야 한다.

의사 진단으로는 제법 시간이 걸릴 듯하다. 귓속에 기구들이 들락거리며 치료받는 일은 뇌 근처라 많이 힘들게 느껴졌다. 그냥 눈감고 이를 악물고 있었다. 오전 6시 알람에 일어나 시작된 하루는 오후 6시 귀가로 그렇게 끝이 났다. 약간 위태위태함을 느끼게한 하루 여정이었으나 은혜 중에 마감하게 되었다. 오늘 설교 본문[슥 4:1-14]에 있는 대로 은총, 은총

이다. 그리고 힘도 아니, 능력도 아니, 오직 여호와의 영으로 살아지는
인생일 뿐이다.

아버지 팔순 여행

원주 고속터미널에 가서 대기하여 있다가 대구에서 올라오신 부모님을
태우고 강원도 양양군 낙산 바다에 왔다. 대구 · 용인 · 낙산이 아니라
이 코스를 택한 것은 차 안에서 지낼 두 시간을 줄여드릴 수 있기 때문
이다. 올해 팔순을 맞으신 아버지를 위해 준비한 짧은 여행이다. 팔순
인 만큼 쏠비치 엘꼬시네로 뷔페에 모시고 저녁을 내섭했다. 2012년에
학교에 부임해 지금까지 유일하게 참석했던 교수세미나 때 묵었던 곳

이다. 오늘 7년만에 와서 지하에 차를
대고 뷔페를 찾아가는데 미로찾기 같
았다.

해물을 안 먹는 나는 해산물을 만지
는 것도 싫어하지만, 랍스터를 내 손으
로 찢어 속살을 드시드록 했다. 어른
들은 해물을 잘 드시기에 횟집은 어렵

고 뷔페를 선택했는데 나는 그다지 끌리는 음식이 없다. 두 분이 잘 드시도록 챙겨드리느라 대충 먹었다. 소위 장남코스프레나 효자코스프레는 아니다. 효자라는 생각을 진정으로 해본 적이 없다시피하다. 평소에 어지간히 못했으니 팔순에라도, 귀가 먹먹한 채 이 여행을 하고 있을 뿐이다.

어른들은 일찍 주무시고 새벽에 일어나는 습관을 가지셔서 식사 후 숙소인 낙산 스위트에 모시고 와서 쉬시게 했다. 딸들이나 며느리가 따라왔다면 이야기 꽃을 피웠을 수도 있지만 이번에는 이런저런 사정으로 함께하지를 못했다. 부모님을 숙소에 모셔다드리고 나는 혼자 낙산 비치를 걸어서 오래 전 꼭 한번 들를 기회가 있었던 라 메르 블루 La Mer Bleu 프랑스어로 푸른 바다라는 뜻 까페에 와서 핸드 드립한 케냐 AA를 한 잔 마셨다. 태풍이 지나간 날이지만 사람들이 많았다. 카페에는 여러 직원들이 있지만 머리 하얀 사장님이 직접 드립해 주셨다. 책을 조금 좀 읽고 원고를 쓰다 숙소로 돌아왔다.

에드워즈 세미나를 마치다

오늘 에드워즈 신앙감정론 세미나를 은혜 중에 마쳤다. 95분 가량의 강의 후에 원우들에게 책 추첨을 통해 총 77권의 도서를 나누어 주었다. 바빙크 개혁교의학 전집[1-4권과 색인]에 당첨된 세 명은 모두 3학년 원우였다. 네이버 등록 폼을 사용하여 사전등록을 받았는데, 학기 중이라 바쁠 텐데도 155명이 신청했고, 107명이 참석했다. 현장에서 등록한 37명을 포함해 강의엔 총 144명이 참석했다.

내 전공이 에드워즈의 성령론이라서 강의들도 개설하곤 하지만, 때때로 이런 비학과 시간을 통한 세미나 일정도 필요하다. 지난 겨울에는 세 번에 걸친 에드워즈 세미나를 방중에 모였었다. 아무튼 오늘 세미나는 학생들의 요구도 있었고, 학업 중인 학생들을 위해서 후원한 성도가정이 있어서 좋은 양서들을 추첨에 의해서 나눠줄 수도 있었다. 몇 명의 스탭들도 즐거이 봉사해 주어서 이모저모로 보람찬 시간을 보냈다.

에드워즈 세미나에서

연구년 신청 승인

나의 연구년[2020년] 신청이 지난 주 금요일 모인 이사회에서 승인되었다. 7년 반 재직 후에 얻는 연구년이다. 1997년 3월 23일 화란에서 귀국하여 5월 4일부터 시작된 전임사역 이래 2019년에 이르기까지 23년 동안 단 한 달도 여행이나 휴식을 가져본 적이 없었다. 장거리 경주처럼 달려왔고 심신이 지칠대로 지쳐버리고 말았다. 강사법 등 학교 사정이 어렵지만, 총장님과 여러 관련 교수님들께서 나의 건강상태를 헤아려 주셔서 복된 기회를 얻게 되었다. 물론 학교 일에선 열외자가 되지만, 이름 그대로 안식년보다는 연구년이라 연구 결실을 내놓기도 해야 한다. 새해의 목표 두 가지는 1) 건강 회복과 2) 연구이다. 논문들과 새로운 전문서적 1권을 집필하려고 한다.

오늘 과교수님들께 단톡으로 양해의 메시지를 올렸다.

방금 전에 O 교수님 통해 제가 신청한 연구년 신청이 이사회에서 통과되었다고 들었습니다. 2020년 1,2학기입니다. 학과 사정이 어려운 때인 줄 저도 잘 알고 있어 송구스럽고 마음이 무겁습니다. 그러나 7.5년 근무하고 나니, 사실 방학때도 늘 출근했고, 집에 상황도 그러다보니, 심신이 지칠 대로 지쳐서 최근엔 왼쪽 고막 천공이 되기도 했습니다. 멀리 나갈 형편

도 못 되나 안식년 가지며 건강 회복에 주력하고, 연구에 전념하여 결실을

내도록 애써보겠습니다. 다시 한 번 무거운 강의로드를 감당하셔야 할 네

분 과교수님들께 송구스러움을 전합니다. 이제 공식 결정이 났으니, 내일

과회의에서 반영이 되어야할 줄 알아 미리 소식 올립니다. 감사합니다.

주기쁨교회 설교 사역

כִּי־אַתָּה עִמָּדִי
מַטֵּל לְפָנֵי שִׁלְחָן [5]

10월 넉 주 동안 안식월을 갖는 후배 목사님을 대신해 주기쁨교회 주일

설교 사역을 담당하고 있다. 이제 마지막 주 설교를 앞두고 있다. 시편

23편 1-3절을 석 주 동안 차례대로 강설했다. 마지막 주를 어떡하나 고

민하다가, 결국 시편 23편 4절을 강설하고, 끝을 내려고 한다.

내가 사망의 음침한 골짜기로 다닐지라도 해를 두려워하지 않을 것은 주

께서 나와 함께하심이라. 주의 지팡이와 막대기가 나를 안위하시나이다.

때때로 어떤 설교는 준비를 하며 본문과 비슷한 상황을 경험하거나,

고난을 경험하게 된다. 그런 과정을 거칠 때는 내가 왜 설교자가 되었

을까 탄식하기도 한다. 루터도 심각하게 그런 적이 있다니, 내가 그런

다고 탓하지는 마시라. 예수님을 닮자, 바울을 닮자 그러다가도, 너무나 힘이 들 때는 "그런데 나는 예수님이 아니고 바울도 아닙니다"라고 궁시렁대기도 한다.

시편 23편 4절을 본문으로 한 설교 때 원고에 인용하곤 했던 아우슈비츠수용소에서 살아남은 프랭클박사의 고백을 때때로 곱씹어 본다. 그 어마무시한 죽음의 수용소에서 버텨내고 살아남아 새소리와 들풀에도 경이감을 느끼며 귀가한 후 그가 느낀 신비스러움은 이것이었다.

집에 돌아온 사람에게 있어서 모든 경험 중 최고의 경험은 모든 고통을 겪고 난 후에 이제는 하나님 이외에는 더 이상 아무 것도 두려워할 필요가 없다는 경이로운 느낌이다.

그런 자의 느낌은 단순히 '느낌적 느낌'이 아니라, 온 존재로 체험하는 압도적인 실재 대면이었을 것이었다.

5절이나 6절을 설교할 걸 그랬나 싶은 하루를 보냈다. 그러나 (키) 아타 임마디주께서 나와 함께 하시기 때문입니다의 은혜가 함께하기를….

무르익은 가을 양지

오늘 무르익은 가을의 캠퍼스를 보노라니, 문득 그 너머 양지의 전설적인 눈보라가 서성이는 듯하다. 11월에도 눈이 내리곤 하는 양지이다. 나는 2012년 겨울 이전까지 눈이 그렇게도 많이 내리는 것을 경험해본 적이 없다. 부임하던 그해 12월 면접 주간은 폭설로 인해 학교 출입도 쉽지 않았다. 멀리서 온 교수들은 퇴근도 못하고, 학교 기숙사에서 묵을 수밖에 없었던 겨울이었다. 가까이 사는 나는 운전해서 가는 동안 신경을 곤두세우고 갈 수밖에 없었다. 더욱이 2018년 1-2월 학내사태 때 눈덮힌 백주년기념예배당 앞을 매일 돌며 주기도문으로 기도했던 잔인한 기억은 오래 오래 갈 것이다.

그러나 이제 얼마 남지 않은 이 가을을 마치 귀한 커피를 한 모금씩 음미하며 마시듯, 음미하면서 보내고 싶다. 벚꽃이 찬란하든, 신록이 눈부시든, 그리고 매서운 북풍한설의 음지이든 양지陽智의 원 의미는 '밝은 지혜'이다.

영화 〈톨킨〉

오늘 오후에 혼자 앉아 최근 상연된 영화 〈톨킨〉2019을 구글영화를 통해 시청했다. 나는 미국 배경보다 영국 배경의 영화를 더 좋아한다. 아들이 어릴 때 같이 데리고 가서 보여주던 반지의 제왕 시리즈, 그리고 그후에 나온 호빗 시리즈 등의 영화도 다 보았다. 호빗들의 집 세트장에 가보고 싶을 정도였다. 내게 뉴질랜드를 갈 이유가 있다면 그 세트장을 가보고 싶어서다.

고아로 자란 톨킨과 중고딩 시절을 보낸 친구들은 1차대전에 참전하여 둘은 전사하고, 둘만 살아남았다. 톨킨은 10대 때 모여서 온갖 이야기 판을 벌였던 배로스 찻집에 전사한 제프리 스미스의 어머니를 초대해 옛 이야기를 들려주며 죽은 친구의 시집A Spring Harvest을 출간하자고 권한다. 딱 이 장면에서 눈물이 주르르 흘렀다. 죽은 아들이 또래들과 10

대의 열정을 나누던 곳에 앉아 그 옛 시절 아들의 모습을 보는듯 하다고 기뻐하는 어머니의 모습을 보며. 이 땅 위에서 다시 만날 수 없는 사람들을 추억이나 상상속에서 만난다는 것. 가슴 먹먹하게 하는 일이다.

영화에는 톨킨이 위탁 가정에서 만난 또 다른 고아 소녀 이디스와 난관을 뚫고 결혼을 하는 과정도 그려졌다. 작가의 삶을 알고 나면 작가의 작품을 이해하는데 많은 유익이 있는 것 같다. 영호를 보고나니 톨킨의 『실마릴리온』The Silmarillion, 톨킨의 요정어로 "실마릴의 노래"라는 뜻이라고 함이 영화화될 수 있을까 기대하게 된다. 톨킨 애독자인 아들의 말로는 내용상 쉽지 않을 거라고 한다. 하지만 또 모르지 않나, 현대 영화기술이 워낙에 탁월하니.

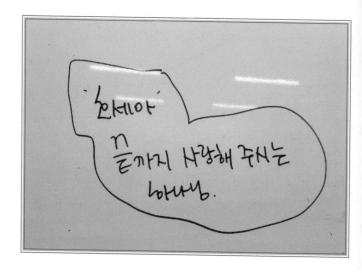

화이트보드에서 만난 강한 메시지

대학원 수업을 위해 이른 아침 사당 캠퍼스로 출근했다. 사당캠퍼스 신관 208호 강의실에서 이번 학기는 강의를 한다. 여러 학과가 시간을 나누어 사용하는 강의실이다. 화이트 보드에 판서하려다 지우지 못하고 그냥 둔 문구.

'호세아' 끝까지 사랑해 주시는 하나님.

강의를 마치고 한 컷 찰칵한 글귀이다. 교강사가 쓴 글씨는 아닐 것 같다. 이 정도 정확하게 쓰려면 아마도 쉬는 시간에 학생이 천천히 썼을 것이다. 구약 39권 중 한 권인 호세아서는 언약에 신실하신 헤세드의 하나님을 잘 보여주는 텍스트이다. 짧지만 강렬한 메시지를 화이트보드에서 만난 날이다.

파란만장한 하루

오늘도 파란만장한 하루를 보냈다. 여섯 시간을 강의하고 퀴즈도 있었다. 퇴근 직전에 개인적으로 마음 불편한 일을 겪고 고뇌하다가 퇴근했다. 갑작스레 날아온 비수같은 일이었으나, 문제는 원만한 해결이었다. 한동안 가슴을 태우며 번민을 했고, 결론을 지었다. 그리고 집에 와서 갑작스런 단독 회의. 학교가 온전한 회복이 언제나 될까? 언제까지 지난 날을 서글프게 곱씹어야 할까 싶다. 아무튼 겨울 방학초도 바쁠 것 같다. 왼쪽 귀 고막에 문제가 있는데도 말이다. 사실 몸이 힘든 것보다 마음을 정리하는게 더 힘든 현실이다.

그나저나 내일 4교시 후에는 마지막 반기도회 설교가 있다. 연구년 승인으로 인해 3학년 지도까지 못 가고, 이제 2년간 지도교수로 끝을 내야 한다. 실제로 작년 첫 학기는 학내사태로 인해 바로 만날 수도 없었다. 고별설교 본문은 로마서 1장 17절로, 제목은 〈루터처럼〉으로 보냈다. 루터가 본문과 씨름하여 어떤 해방의 길을 찾았는지를 설명하고, 성경 본문과 치열한 씨름을 하라고 하는 것이 2-5반과 헤어지는 마당에 마지막으로 전하고 싶은 메시지다. 어차피 후일 대부분은 말씀의 사역자Minister Verbi Domini로 수고할 것이기에.

1935년 2월 10일 하일 히틀러를 거부한 한 신학자의 고별사도 소개할 것이다.

이제 끝이 왔군요. 이제 나의 마지막 충고를 들으십시오. 주석, 주석, 다시 한 번 주석! 여러분, 우리에게 주신 성경의 말씀을 꼭 붙드십시오.

원우들의 손편지

양지의 아침은 이제 많이 차가워졌다. 피곤한
느낌으로 출근하여 커피 한잔 드립하고, 앉아
서 어제 받은 2-5반 원우들의 손편지를 하나
씩 읽었다. 작은 카드에 손글씨로 쓴 글들이라 읽는 데 시간이 오래 걸
리진 않았다. 감사와 3학년까지 함께 못하는 아쉬움, 그리고 건강회복
에 대한 염려와 축복함으로 가득했다. 그 짧은 지면에 곰브라더스를 스
케치하기도 하고, 닮은 듯 안 닮은듯 내 얼굴을 스케치한 반우의 편지
도 있었다. 디지털 시대에 이런 손글씨로 쓴 편지글을 읽는다는 것, 특
이하고 감사한 일이다.

〈닥터 지바고〉

주중에 TV에서 〈닥터 지바고〉Doctor Zhivago,
Доктор Живаго를 방영했다. 처음으로 그
영화를 보았다. 1965년 개봉된 영화로
지난 반세기 넘어 오며 인기를 누렸던,

전설적인 영화다. 러시아 작가 보리스 파스테르나크의 작품이 원작이라고 한다. 중고 시절을 보낸 1980년대 초반에 집에 책이 있어 읽으려고 시작했다가 지루해서 초반부에 멈춘 기억이 늘 남아있다. 이야기는 러시아 혁명 이전과 이후를 배경으로 한다. 작가는 볼셰비키 혁명을 잘 수용하지 못한 것이 분명하다. 혁명 후에 개인적 삶은 죽었다고 말하는 것에 반하여 지바고의 삶은 철저하게 사랑을 좇고 있다. 원작은 노벨 문학상을 수상하기도 했는데, 당시 소련 정부가 환영했을 것 같지는 않다.

영화는 배우들이 연기가 좋았고, 러시아 배경은 때때로 신기할 만큼 생경했다. 솔직히 스토리 라인에서 많은 감동을 받은 것은 아니다. 다만 마지막 장면에서 지바고의 딸 토냐와 지바고의 형결국 토냐의 큰 아버지의 대화가 인상적이었다. 토냐는 지바고와 연인 라라 사이에서 태어난 딸로 여덟 살 때 부모와는 전쟁통에 헤어지게 된다. 실상 아버지로 기억한 남자는 지바고가 아니라 코마로프스키이다. 토냐가 전쟁통에 아버지가 자기 손을 놓쳐 미아가 되었다고 말하자 지바고의 형은 그 사람은 아버지가 아니고, 만약 아버지라면 손을 놓았겠냐고 말한다. 그리고 유리 지바고의 시집속에 있는 사진을 보여준다. 물론 토냐는 쉬 믿으려 하지 않는다.

토냐는 아버지가 자기 손을 놓았고, 그 바람에 자기가 고아로 자라게 되었다는 말에 '아버지라면 손을 놓았겠냐'던 지바고 사령관의 말이 가슴에 와닿았다. 인간은 결국 한계에 부닥쳐 손을 놓을 때 혹은 손을 뗄 때가 온다. 그러나 천부께서는 우리 손을 놓치지 않으신다. 고아처럼 버려두시지도 않는다. 누구도 그 강한 손에서 우리를 빼앗아 갈 자 없다.

오직 시온이 이르기를 여호와께서 나를 버리시며 주께서 나를 잊으셨다 하였거니와 여인이 어찌 그 젖 먹는 자식을 잊겠으며 자기 태에서 난 아들을 긍휼히 여기지 않겠느냐 그들은 혹시 잊을지라도 나는 너를 잊지 아니할 것이라. 내가 너를 내 손바닥에 새겼고 사 49:14-16상

일상이 된 병원

지난 5년간 내 삶의 루틴에 더해진 한 가지는 병원이다. 토요일 아침 다보스에 왔다. 몇 년의 힘겨운 시간들을 지나오며 치유하시는 하나님,히브리어로 야훼 라파 치유자 예수라틴어로 예수스 메디쿠스를 많이 생각하게 되었다. 병원을 왕래하며 투병중인 환우들의 직접적인 고통이 말로 다할 수가 없겠다는 간접경험한다. 전달 불가능의 고통이다. 그리고 옆에서 도와야 하는 보호자의 입장도 쉽지 않은 일이다.

가을마다 인간론과 종말론을 강의하면서, 질병을 포함한 인생사의 여러 고악은 첫 조상의 타락 이후 들어온 거라는 점을 확인하는데, 그러면서 장차 영광의 상태에서 그 모든 죄의 결과들로부터 벗어난다는 점을 실존적으로 곱씹어보곤 한다. 물론 이 땅 위에서도 의료적인 치료이든, 하나님의 기적적인 치료이든 치료를 경험할 때가 있다. 그러나 온전한 치유, 전인적인 회복은 새 하늘과 새 땅에서 이루어질 것이다. 우리가 할 일은 치유를 위해 힘쓰고, 치유의 은혜를 구하는 일. 그리고 인내하면서 '이것 또한 지나가리라'는 담대함을 갖는 자세일 것이다.

　　다보스 옆 에그로 까페에 앉아 창밖을 내다봤다. 10년 뒤에 뒤돌아보면^{그럴 수 있다면, DV} 그 10년 동안 내 인생의 한 장은 어떻게 채워져 있을까⋯.

친구의 상처

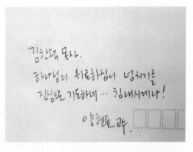

김한 목사.
하나님의 위로하심이 넘치기를
진심으로 기도하네 … 힘내시게나!
양현표 교수.

친구의 아내가 소천했다. 소식을 듣고 처음엔 친구가 있는 곳이 강경인지, 논산인지 알 수가 없었다. 양지에서 가려면 왕복 네 시간은 달려야할 거리다. 그런데 서울 삼성병원이라는 걸 확인하고 가깝다고 느꼈는데, 짧은 인사만 나누고 떠나왔지만 오는 길이 퇴근시간에 걸려 두 시간은 족히 걸리고 말았다. 경상도 남자들끼리 허그할 일이 뭐가 있겠냐마는 오늘은 절반의 허그를 하고 왔다. 목회지와 상거가 먼데도 교인들이 열성을 다해 빈소를 찾을 예정이라고 한다.

친구인 김 목사는 이름대로 덕이 많은 사람이다. 교우관계가 넓다보니 화환들이 즐비했다. 사모님의 투병 때문에 고초를 많이 겪었으나, 그간에 별 내색을 하지 않았었다. 가는 길에 다른 교수님의 조의금도 전달했다. 나이차는 있으나 우리 세 명 모두 1990학번으로 신대원에 입학했었다. 오늘 다른 장례가 있어 내가 대신 인사를 전했다. 짧은 글귀 속에도 후배사랑이 느껴진다. 부의금 통에 넣고 나면, 못 읽을 가능성도 있어 사진을 찍어서 친구의 톡에 전송했다.

논문 심사 준비

오늘은 학교를 두르고 있는 산 허리를 따라 몇 십분을 걸었더니 몸이 버거웠다. 뭐든 좋은 건 과정상 쓰고 힘든 법이니 감내할 일이다. 오후에는 붉은 펜을 들고 이것 저것 고치며 마지막 석사논문 하나를 검토하는 것으로 논문 심사 준비를 끝냈다. 아직 훈련 중인 학생들의 글을 읽는 일은 결코 즐거운 일이 아니다. 수준도 천차만별이다. 일단 논문 규정에 따라 구성과 스타일만 잘 갖추고, 문장 서술이 정확하기만 해도 읽기 수월하다. 사실 본질적인 문제는 체계적으로 논지를 잘 전개해 나가는지, 주장들에 근거가 있는지, 해당 분야에 주요한 문헌들은 잘 찾아서 활용하고 있는지, 한국교회에 어떤 기여를 할 수 있는지 등일 것이다.

석사논문 심사는 세 명의 교수들이 참여한다. 우리 과는 다음 주에 열 편에 대한 심사를 하고, 나는 다섯 편 심사에 참여한다. 그 중 논문 세 편은 내가 지도한 논문이다. 내 마음도 덩달아 착잡하다. 지도를 한다고

했지만, 바쁜 교수 생활로 좀 더 세세하게 지도해주지 못한 아쉬움이 남는다. 그리고 아직까지 신학석사를 끝낸 제자가 한 명도 없어서 이번에는 신경이 많이 쓰인다. 그래도 다들 나름의 열심으로 준비해 주어서 또 한편으로 기대도 된다.

〈82년생 김지영〉

이틀 동안 입시 면접이 있었다. 수많은 입시 지원생들을 만나 대화하는 면접을 마치고 오니 지쳐서 책은 들여다 보기도 싫고, 그렇다고 일찍부터 눕기도 버겁다. 해서 TV를 켰다. 그러다가 〈82년생 김지영〉이라는 영화를 혼자 앉아 보았다. 동료 교수님이 최근에 보고 와서 감명깊다고 평을 하기도 하셨던 영화인데 나는 TV를 통해 보게 되었다.

　얼핏 들었던 스토리가 있기는 했는데, 〈기생충〉과 전혀 다른 장르의 영화였다. 정유미와 공유가 주연의, 자신도 모르게 정신병에 진입한 주부의 이야기다. 마치 빙의된 듯 돌아가신 할머니가 되어 자신을 염려하는 소리를 하는 딸을 얼싸안고 안타까워하는 엄마의 애절함에 눈물이 줄줄 흘렀다. 아내의 병든 사실을 본인에게 쉽게 말하지도 못하고 안절부절하는 남편의 모습에도 또 울었다. 어쩌면 내가 처한 상황도 있어

쉽게 감정이입empathy이 되었던가 보다. 영화를 보며 눈물 샘이 터지기는 오래간만이었다.

잘 만들어진 드라마 한 편 같은 영화였다. 워낙에 스펙터클하고 버라이어티한 소재를 담은 거대 스케일의 영화들이 많다보니, 이런 영화는 드라마 같이 여겨지는지도 모르겠다. 300만을 넘겼다고 하는데, 나름 대박이나 초대박이 안 된 이유기도 할 것이다.

이른 아침 병원에서

토요일인 오늘, 아침 일곱 시 알람에 일어나서 채혈을 위해 용인세브란스 병원에 다녀왔다. 석달 여만에 당 체크를 하고 약을 받기 위해서다. 이번 주에는 여러 가지로 무리한 일이 많아서 검사 결과에 대한 기대를 내려놨다.

어제 저녁에는 방문이 처음인 신정동 한성교회에 다녀왔다. 수도권 정체가 우려 되어서 세 시경에 일지감치 양지를 출발했지만 5시가 되어 가까스로 신정동에 도착했다. 한성교회 가까이에 있는 친구이자 주의교회 담임목사인 김진현 목사님을 만나 함께 저녁식사를 했다. 가끔 인터넷에 들어가곤 했던 한성교회는, 실제 방문해서 교회당에 앉아 예배 시간을 기다리고 있자니 감동이 깊었다. 기도회 전에 목사님을 만나 제법 긴 시간 동안 대화를 했다. 피차 안면은 있어도 이렇게 긴 시간을 독대하기는 처음이었다. 교회에 부임한 후 10년간의 이야기와 찬양팀이 강한 교회가 되기까지의 이야기도 들었다. 지난 주는 제자인 손상민 강도사가 처음 찬양을 인도했었는데, 어제는 제자인 박지현 전도사가 찬양을 인도했다. 찬양 시간에 회중석에 앉아 있다가, 설교는 60분 정도 했다. 한성교회는 청년부가 왕성한 교회로도 유명하다.

그렇게 금요일 밤에 설교를 하고 밤늦게 집에 돌아왔다. 채 몇 시간 못 잔 것 같다. 토요일이지만 이른 아침 병원에 와서 채혈을 한 것이다. 공복 혈당을 재기 위한 채혈을 하고 난 후 시내로 나와 문을 연 식당을 찾다보니 8시인데 김밥집이 문을 열었기에, 순두부찌개를 먹었다. 공복혈당을 체크해야 하다보니, 어제 이른 저녁 식사후 14시간 동안 먹은 것이 없다보니 허기가 져서 맛있게 먹었다.

빈들로 가고 싶은 날

목회할 때나 학교 교수로 지내며 가끔 기억나는 구절이 있다.

예수께서 들으시고 배를 타고 떠나사 따로 빈들에 가시니 마 14:13

차원이 다른 얘기지만 때로 참담한 일이나 남에게 토로하기 어려운 일을 만나면 사람들로부터 벗어나 빈들로 가고 싶어지는데 그럴 때 이 구절을 묵상한다. 나 혼자 내버려 두세요Leave me alone- 그런 심정이 들 때가 있다. 혼자 생각을 정리하고 감정을 추스려야 할 때가 있고, 하나님과 독대해야 할 때가 있다.

오늘 늦은 오후에 나는 두 가지 일을 만났다. 겪었다고 해야 할지, 드러내기에는 예민한 일들이다. 다만 그 일들을 통해 선택에는 책임도 따르고, 칭찬뿐 아니라 욕도 먹기 마련이라는 생각을 했다. 욕먹을 바른 길을 택하고 칭찬 들을 틀린 길을 버려야 할 것이다.

그런 일들 가운데 위로도 받았다. 연구년 논문주제를 '평양 장로회신학교의 조직신학 전통'으로 정해 제출했는데, 가장 필수적인 자료원인 「신학지남」1918-1940 영인본을 구하지 못하다가, 오늘 두 가지 일을 겪으며 그걸 '득템'했다. 득템과 내가 겪은 일들은 물론 전혀 관계 없는 일이다. 아무튼 살아가다 보면 설상가상인 날만 있을까. 기쁨으로 가득한 날도 있고, 기쁨과 아픔이 공존하는 날들도 있기 마련일 것이다.

방중 미션 완수

드디어 방중 미션들을 완수했다. 12월에는 계절학기 30시간 동안 바빙크 신론을 강의했고, 1월에는 총회 인준 교육 24시간 동안 개혁신학과 종말론을 강의했다. 사실 귀 문제 때문에라도 다 피하고 싶었는데, 과에서 내가 감당해야 하는 몫이라서 순종하는 마음으로 하게 되었다. 2학기를 끝내고 총 14개월의 연구년 로망을 생각했었는데, 인생이 뜻대로 되는건 아니니까.

해야 한다고 해서 맡았으나 시작전부터 아득하기만 했던 강의가 어쨌듯 마무리 되어 다행이다. 연속강의여서 몸이 먼저 겁을 내기도 했다. 건강하다면야 하루 10시간, 12시간인들 해볼 만하지만, 컨디션이 영 안되니 몸이 의지와 관계없이 겁낸 것이다. 건강한 이들은 웃겠지만, 나로서는 죽으면 죽지 그런 심정으로 두 강좌를 맡아 진행했다.

아무튼 짐작하기 어려운 상황 속에 들어와 보니 때로는 비틀거리거나 어지러움이 느껴지기도 했는데, 다행히 은혜로 미션을 완수하고 드디어 모든 당면 의무들을 벗어나게 되어 기쁘다. 얼마나 잘 수행했느냐는 또 다른 문제일 것이다. 아직 인준교육 시험지 채점이 남아있긴 하지만 어쨌든 각각의 30시간과 24시간의 미션은 끝이 났다.

아침에 학회에 제출한 논문심사 결과도 왔다. 12년째 논문기고를 해왔으나 논문심사 결과서를 열어보는 일은 늘 가슴이 설레이기보다 가슴 떨리는 일이다. 교수의 삶이란 논문을 쓰고 발표를 하고, 강의를 하고, 학생지도를 하는 것으로 구성된다. 연구년은 이 가운데 연구하여 논문과 저술을 쓰는 일만 집중하면 된다.

겨울 산책

점심 식사를 하고 와서 홀로 캠퍼스를 걸었다. 영상 4도, 체감온도 1도라는데 바람은 차다. 어제 100주년기념채플 리모델링을 위해 세워져 있던 비계들을 해체 후 다 싣고 가는 걸 보았는데 마무리 단계로 접어든 모양이다. 오늘 산책길에는 비계 없는 건물을 봤다. 방학 중에 도서관 1층 휴게공간도 만들고, 예배당 내부 리모델링 공사가 진행되었다.

찬 바람 속에 캠퍼스를 걸으니 뺨은 조금 얼얼한 느낌이 든다. 그러나 차갑지만 맑은 공기가 좋다. 그늘진 곳들에는 아직 눈이 쌓여 있다. 옛 채플실로 올라가는 계단을 올라가봤다. 통나무는 아니고, 콘크리트로 만든 통나무 모양의 계단이다. 뛰어올라가 보면 제법 힘이 들고, 이제는 낡을대로 낡아버린 옛 조립식 단층 건물에 이른다.

이곳에 이르면 30여 년 전 왁자지껄했던 신학생들의 모습이 눈에 선하다. 그때는 이렇게 낡은 시절도 아니었고, 실내는 탁 트인 공간이었다. 몇 바퀴 달리고 보니, 총신 입학 30주년이 되었고, 30년 후배들을 올해 맞이하게 된다. 참, 짧은 세월이 아닌데, 왜 이리 금새 다 지나가버린 것 같은지….

또 하나의 논문 완성

빌헬무스 아 브라컬 기념강좌를 준비하며 썼던 논문 「빌헬무스 아 브라컬의 생애와 그리스도인의 합당한 예배」가 심사에 통과되었다는 통보를 받았다. 최종 수정을 거쳐 제출하면 3월에 출간 예정이다. 지평서원 출판사가 주최한 기념 강좌는 30분 강의여서 대략의 요약지를 만들어 발표하면 그만이었지만, 준비된 자료로 논문까지 써보자고 해서 공을 들였었다. 작년 년말의 수고가 이 봄의 결실로 공표되는 것이다.

국내에 아 브라컬에 관한 연구는 2000년《총신대논총》에 기고된 논문 한 편 이외에 판트 스뻬이꺼르 글 번역 소개 정도가 전부이다. 대작도 완역되었기에 이제는 국내에서 학문적 토론이 활성화되기를 바라면서 먼저 발자욱을 떼어본다. 부교수가 되기 위해서도 이런 과정을 거쳐 일정량의 논문을 써야 하지만, 정교수가 되기 위해서는 논문들뿐 아니라 학술서적도 한 권 반드시 써야만 한다.

'아 브라컬' 이름 표기는, 90년대 화란 유학시절 알게 된 이신열 교수님이 〈갱신과 부흥〉에서 채택한 방법이다. 혼란을 막고자 학술지에 기고하면서 나도 아 브라컬로 통일했지만 '아 브라컬'은 맞는 표기법이 아니다. 심지어 영역자 엘스

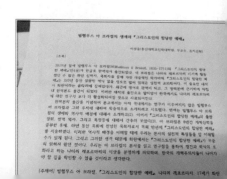

하우트나 편집자 비키도 '아 브라걸' 혹은 '아 브라끌'로 발음했다.

정전 예고된 연구실에서

오늘 양지는 하늘이 탁하게 느껴지나 해는 중천에 걸렸다. 약간 불면의
밤을 보내고 출근하니 예고한 대로 본관이 정전이다. 며칠 전부터 코로
나 바이러스 때문에 건물마다 문을 차단하고 출입자는 열체크를 하고
방문 기록도 해야 한다. 체온 36.4도를 혼자 기록지에 적고, 정전이라
엘리베이터가 작동 하지 않아서 4층까지 걸어 올라왔다.

　방에 전기가 들어오지 않으니 난방과 조명도 안 되고, 커피포트도 사
용할 수가 없다. 그래도 남향 연구실이라 따뜻한 편이고, 창가쪽에 있
으면 책을 보는 것도 가능하다. 어제 남은 커피가 텀블러에 있어서 차

갑지만 그래도 커피를 마셨다. 모카 마
타리는 식어도 맛이 있다. 좋은 커피는
식었을 때도 맛있어야 한다고 생각한
다.

　이렇게 지난 7년 반을 살아왔다. 첫 2
년은 학교에서 차로 20분 거리에 살아서

주말에는 학교 오지 않았지만 학교 가까이로 이사온 후 5년 동안은 특별한 일이 없지 않은 한, 거의 모든 날 학교에 왔다. 그리고 세월이 흐르니 습관이 되고, 그러려니 하고 산다. 딱히 생산적이지 않은 날도 많긴 하지만, 내 사정 때문에 늘 학교와 집 주변을 맴돌며 산 시간들이다. 이제 보름 뒤면 시작되는 연구년에는 달라질 수 있을까? 아닐 것 같다.

취소된 졸업식

오늘은 신대원과 신학원 113회 졸업식이 예정되어 있었으나, 코로나 바이러스 탓에 취소되었다. 그러나 학적상 오늘 부로 졸업하는 모든 분들의 졸업을 축하드린다. 특히 먹돼파라 부르기를 부끄러워하지 않았던 14명의 졸업을 축하드린다.

돌이켜보면 113회 입학생들은 첫해 가을에 학내사태가 시작되어 2학년 초반에 극을 달렸다. 그리고 여름과 가을 지내며 극적인 반전을 경험했으니, 1-2와 2-1학기가 많이도 암담했던 기수들이다. 남은 세 학기는 정상 수업을 했지만 다들 지난 3년의 추억이 만만치 않을 것이다. 다시는 총신이 이와 같은 어둠의 골짜기를 경험하지 않게 되기를 바란다.

매년 졸업식을 볼 때마다 다소 우울해지는 느낌이 든다. 마치 장성한 자녀들이 각자의 갈 길을 찾아 떠나가버리고 홀로 남은 빈집 증후군을 느끼는 부모 심정 비슷한 기분이 들어서다. 3년의 시간을 함께 하는 것은 정도 들만한 시간이다. 물론 한 기수 인원이 400여 명이라서 그저 이름만 기억하는 이들이 대부분이긴 하다. 그래도 선택수업이나 동아리 활동, 개인적인 만남을 통해 교제를 나누게 되면 좀처럼 잊혀지지 않게 된다. 그러나 기억나든 기억나지 않든 졸업을 하는 113기수 여러분들을 축복하며, 열방의 빛이 되시기를 바라는 마음이다.

새로운 전기와 며칠간의 씨름

심야 1시가 넘어 잠이 들어 10시 30분에야 자리를 박차고 일어났다. 그렇다고 개운한 상태는 아니다. 챙겨서 학교로 왔다. 지난 4일간 만사를 제쳐두고 영어로 된 전기 한 권『바빙크 비평적 전기』과 씨름했다. 유명한 신학자들에 대한 전기나 평전은 계속해서 출간된다. 사실 당대 주변인들보다 후대인들이 더 많은 자료를 접하기도 한다. 칼뱅도, 루터도 그랬고, 바르트나 본회퍼도 그렇다. 목격자요 증인이라고 하는 입장도 중요하지만, 그들이 접근할 수 없었던 자료들이 공개되고 나면 그들보다 더 풍성한 이해가 가능해지게 된다.

물론 때로 후속 전기의 업데이트가 아닌 기존 전기들을 요약하거나 평이하게 서술하여 출간할 때도 있다. 그러나 지난 4일간 집중해서 읽은 전기는 업데이트된 전기였다. 한글로 출간될 날이 올 것이다. 조금은 고통스럽기도 했지만, 전반적으로는 신나는 래프팅 경험이었고, 4일의 투자가 아깝지 않은 독서체험이었다.

코로나19바이러스가 전염병이고, 한 종교 집단 내 감염율이 어마어마해서 사회적 문제로 대두되다 보니 모든 집단적 모임에 대해 제동이 걸렸다. 많은 교회들이 3월 1,2주 공동체 모임을 인터넷 예배나 가정예배로 대체하는 추세이다. 전염병이다 보니 규모가 큰 교회들은 잠시 이런 조치가 필요할 것 같다.

다만 어떤 형태로든 내일 모두 예배를 드리자는 것이고, 특히 이 재난이 속히 지나가기를 같이 기도하자는 것이다. 가정예배를 드리는 경우 적지 않은 가정에서는 영적인 궁핍함을 느낄지 모른다. 그래도 함께 예배드리는 것이 중요하다.

이 사태가 장기화 된다면 많은 이들이 고통을 겪을 뿐 아니라 신앙생활 자체가 많이 흐트러질 것이라고 본다. 그리고 이 사태가 장기화 될 경우 한국교회는 뜻밖의 어려움을 직면하게 될 것이라 예감되기에 더 깊은 고민이 머리를 떠나지 않는다.

한국에서의 에드워즈 연구라는 분야가 그리 오래되지 않았는데, 세계적인 관심도가 높다 보니, 내 박사 논문조차 세계적인 책자에 언급되기도 했다. 물론 한국어를 읽을 수 없는 일본인 안리 모리모트가 도움을 받아 쓴 소개글 속에서다.

책

『신앙감정론』

나이 50 중반이 되는 동안 성경을 제외하면 가장 많이 읽고 곱씹어 본 책이 에드워즈의 『신앙감정론』*Religious Affections*이다. 2005년 박사교회 사택에서 이 방대한 책의 내용을 손수 다 요약하기도 했었고, 대신대와 총신에서 강의를 했을 뿐 아니라, 산격제일교회 교인들에게는 근 1년 동안을 강의하기도 했었다. 지평서원의 『신앙과 정서』 개역판이나 예일전집 2권 등을 포함해 열 번은 읽었을 것이고, 열 번 이상은 스터디나 강의를 했을 것이다.

나는 『신앙감정론』이야말로 기독교 저자들이 산출한 최상의 작품들 중 하나라고 생각한다. 19세기 링컨은 에드워즈의 『의지의 자유』를 잘 이해하고 싶다고도 했고, 페리 밀러는 의지의 자유 하나만으로 미국의 가장 독창적인 사상가로 마킹하기에 부족하지 않다고 했다지만, 나에게 신앙감정론만큼 딥 임팩트를 준 작품은 없다.

2005년 대구 근교에 있는 박사교회 예배당에서 몇몇 교역자들이 모여 1년 내내 에드워즈 세미나를 했었다. 당시 내가 매주 요약을 해서 만든 자료가 400쪽이 넘었다. 그렇게 주요 저술들을 꼼꼼하게 읽고 요약까지 한 덕분에 2008년 한 해 동안 박사논문을 끝낼 수 있었다. 수많은 자료들을 구할 수 있는 데에는 지인들이나 성도의 도움이 있었다.

내년 1학기 석·박사 과정에 에드워즈의 신앙감정론을 개설하기로 했다. 부흥론, 의지의 자유, 원죄론, 구속사, 사랑과 그 열매, 참된 미덕의 본질 등 많이 읽혀볼 생각이다. 양지에서는 에드워즈의 부흥신학을 개설하여 부흥론을 강의하려고 한다.

『마르틴 루터』

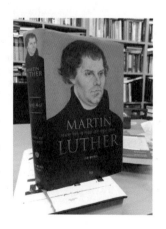

종교개혁 500주년을 맞이하여 헤아리기 어려울 만큼 루터 문헌이 많이 출간되었을 것이다. 스콧 헨드릭스의 루터 전기도 간행되었다. 스캇 헨드릭스의 『마르틴 루터』IVP간도 탁월한 평전에 속한다. 책에 넣은 나의 추천사를 소개한다.

너무도 많은 루터 관련 문헌들 가운데 어떤 것부터 시작해야 할지, 혹은 단 한 권만을 읽어야 한다면 무엇을 읽어야 할지 고민이 깊을 수밖에 없는 독자들에게, 스콧 헨드릭스의『마르틴 루터』를 추천하고 싶다. 저자는 헤이코 오버만이 교수로 재직하던 시절 튀빙겐 대학교에서 루터 시편 연구로 박사 학위를 취득한 후, 40년 이상 루터 전문가로 활동하며 여러 저술을 남긴 베테랑 학자다. 그는 이 전기를 통해 역사와 신학 모두를 조명하려고 했고, 루터의 초기 생애만큼이나 후기 생애도 균형 있게 다루려고 심혈을 기울였다. 또한 바이마르 전집이나 영어판 루터 전집을 비롯하여 루터 관련 주요 2차 문헌들을 다 섭렵하였을 뿐 아니라, 루터의 족적을 직접 따라가면서 눈으로 관찰하고 확인한 결과들을 이 전기 한 권에 다 녹여 냈다. 학문적으로 탄탄할 뿐 아니라, 누구라도 편하게 읽을 수 있는 쉬운 필치로 쓰였다는 것도 이 책의 장점이다. 영어권에서도 이미 정평을 얻은 책인데, 이번에 역량 있는 역자의 손에서 한글로 옮겨져 출간되었다. 루터와 신학적 입장을 달리하든, 혹은 헨드릭스와 다른 견해를 가졌간에 상관없이, 개혁자 마르틴 루터를 이해하기 원한다면 그 첫걸음을 헨드릭스의 이 탁월한 전기로부터 시작해 보는 것이 좋으리라 생각하여 이 책을 추천하는 바다.

『아브라함 카이퍼의 정치 강령』

아브라함 카이퍼가 1879년에 출간한『Ons Program』온스 프로흐람:우리의 프로그램의 한글판이 곧 출간된다. 42세의 카이퍼가 반혁명당의 강령, 정책 등

에 대해 쓴 책인데, 이 책에 남을 추천사를
그대로 옮긴다.

아브라함 카이퍼는 실로 놀라운 인물이
다. 그에 대해 '제2의 칼뱅'이라거나 '10개
의 머리와 100개의 손을 가진 사람'이라
고 평가하거나, 바빙크, 워필드와 더불어
'세계 3대 칼뱅주의자'라고 칭하는 것이
과언이 아님을 우리는 알고 있다. 신학자, 목회자, 260여 권의 저술가, 대
학설립자와 교수 등 – 그러나 우리는 이러한 열거에 그가 반혁명당을 근
대적인 정당으로 재창당한 인물이자 당수였으며, 하원의원으로 시작하
여 그 정점에는 수상(1901-1905)까지 지낸 기독교 정치가였다는 사실을
빠뜨릴 수가 없다. 원래 목회자였던 카이퍼는 칼뱅주의적 세계관에 근거
하여 네덜란드 전 영역에 영향을 미치기 위하여 목회를 그만두고 하원의
원이 되었고, 두 개의 신문 편집을 통하여 기독교 신앙과 세계관을 민초들
에게 알려주었을 뿐 아니라 정치 , 사회, 경제, 교육 등 일상적인 삶 속에
서 어떻게 성경적으로 살아가야 하는지 그 지침들을 제공해 주기도 했다.
이번에 번역 소개되어지는 반혁명당 강령을 담은 우리의 프로그램(Ons
Program)은 정치가로서 이력을 시작한 초기인 1879년 3월에 처음 출간된
것이다. 카이퍼는 수십 년의 실제적인 정치 활동을 한 후에 생애 만년에
『반혁명당 정치학』(2권, 1916-1917)을 출간하기도 했다. 후자는 보다 더
원숙한 카이퍼의 정치학을 담고 있지만, 한글로 첫 소개되는 본서에는 42

세 청년 카이퍼의 기독교 정치학 강령들이 담겨있다. 정교분리에 대한 오해가 깊은 한국의 상황, 어느 때보다 공공신학(public theology)의 수요가 많은 현황에서, 개혁주의 공공신학의 원조라 할 수 있는 카이퍼의 정치학 강령을 한글로 읽게 된다는 것은 실로 큰 축복이다. 물론 세부적인 면에서 동의할 수 없는 부분들도 있을 것이고, 시대적합성에 의문이 제기될 수도 있을 것이다. 하지만 그의 서거 100주년이 임박한 이 시점에야 영어권에서도 왕성하게 그의 저작들이 번역되고 연구되어지고 있는 현황을 생각할 때, 이제야 비로소 우리는 이런 카이퍼의 글들을 잘 읽고, 토론하고, 비판적으로 읽고 적용해 봐야 할 때라는 생각을 강하게 피력하게 된다. 물질주의와 세속주의가 범람하고 있는 21세기 한국 현실에서 어떻게 '왕 되신 그리스도를 위한' 정치가 가능하며, 결과적으로 사회 변화가 가능한지에 대하여 고뇌하는 독자들의 손에 이 책이 꼭 들려져서 탐독되어지기를 염원하며 추천의 글을 써본다.

죽산 박형룡의 설교집

박형룡 박사[1897-1978]는 평양신학교와 총신대학교의 조직신학 교수였다. 그가 남긴 20권의 저작 전집 가운데 18-20권은 설교집이다. 총신 양지와 사당캠퍼스에 죽산이 외친 5훈 돌비가 있다. 다섯 가지 교훈의 유래는 1948년 5월 9일 남산에 설립한 장로회신학교 특별기도회 시간에 전한 〈선지학교의 중건〉[왕상 6:1-2]이라는 제하의 설 교에서 온 것이다. [18권 132-134] 죽산은 6.26전쟁 기간 동안 수많은 교인들과 장병들 앞에서 격 려와 위로의 설교를 하기도 했다. 1953년 9월 17일 밤 대구동부교회에서 열린 군목수양회 에서 설교[경건한 열심- 왕상 19:10, 14, 롬 12:11]하며 끝부분 에 이렇게 말하기도 한다.

> 오늘 밤 나는 여러분에게 과대한 요구를 제출하며 과중한 짐을 지우는 것 같아서 미안합니다. 복음전선의 후방에 한직을 지니고 있는 나로서 전방 일선에 모험 활동하고 있는 여러분에게 경건한 열심을 권면하기는 너무 불감당합니다. 성령의 역사로 힘 주시는 대로 기도하면서 최선의 노력합 시다. [20권 30-31]

죽산의 설교들 속에는 한시도 등장하고 영시도 등장한다. 역사나 철학 에 대한 예화도 등장한다. 그리고 한국이나 신학교의 어려운 상황에 대 한 소회들도 등장한다. 전하는 바에 의하면 죽산은 엄격한 원고설교자 였다고 한다. 신학교 교장 시절에는 광고조차도 필기한 대로 읽었다고 한다.

사랑과 그 열매

조나단 에드워즈는 1734-35년 노샘프턴 부흥이 지나간 후에 부흥의 결과를 주의깊게 관찰했다. 열 처녀 비유 연속강해를 통해 참 신앙자와 거짓 신앙자에 대한 분별을 권했고, 구속사를 통해 새로운, 그리고 더 괄목할 만한 부흥을 기대했다. 또한 성령의 역사인 부흥은 사랑의 열매로 판단하는 게 최선임을 보여주는 20편이 넘는 강해를 했다. 국내에

첫 소개된 에드워즈의 고전 13장 강해[1984년]로서, 현재는 2012년 청교신앙사에서 나온 『고전 13장 사랑』으로 읽을 수가 있다. 한글역이 의존한 진리의 깃발 영어판으로는 16개의 설교로 구성되어 있지만, 예일 저작전집[WJE] 8권의 편집자 폴 램지에 의하면 스무번 넘게 설교한 것으로 파악된다. 즉 긴

설교는 오전 오후에 나누어 전한 것이다. 나로서는 에드워즈에 입문하는 이들에게 『조나단 에드워즈의 대표설교선집』[부흥과개혁사]과 『고린도전서 13장 사랑』으로 시작하는 코스를 추천하고 싶다. 물론 입문서로는 백금산 편역의 『조나단 에드워즈처럼 살 수는 없을까』를 권하곤 한다.

존 오웬의 『성도의 견인』

칼뱅주의 5대교리를 TULIP으로 표현하기 시작한 것은 1930년대에 들어와서 로레인 뵈트너의 책에서 시작된 것으로 말해진다. 도르트신경의 다섯 머리 혹은 다섯 요점의 내용을 학습의 편리를 위해 그렇게 표현하게 된 것으로 보인다. 오웬은 38세이던 1654년, 그가 옥스퍼드대학의 부총장 재직시절에 『성도의 견인』이라는 방대한 저술을 출간했다. 19세기에 나온 영어 저작전집 11권 전체를 차지하며 666쪽에 달한다.

오웬의 저작들 중에 방대한 『칭의론』[1677]

과 더불어 상대적으로 덜 읽혀진 성도의 견인론은 2014년에 한글 축약본으로도 출간되었다. [생명의말씀사] 아침에 3생활관에 와서 두 시간만에 읽을 수 있었다. 복잡하고 정치한 신학적 논의, 토론, 반박, 주해적 논증 등을 다 추려내고 오웬의 글 핵심만 제시한다. 적어도 그의 주장과 설명의 엑기스가 무엇인지를 짧은 시간 안에 파악하게 해주는 장점이 있다. 이 다이제스트판만 읽어도 오웬의 성경 중심적인 경건과 신학함의 탁월성을 맛볼 수 있을 것이다.

원래 존 굿윈토마스 굿윈 아님의 책에 대한 비판서로 준비된 책이다. 책에서는 오웬은 범사에 성경적으로 논점들을 다룬다. 논증하든 비판하든 '솔라 스크랍투라'라틴어, Sola Scriptura, 오직 성경으로의 자세를 놓치지 않는다. 견인에 대한 우려와 반대들에 대해서도 일일이 답변하면서 구원의 확실성이 성화 내지 선한 삶을 방해하는 근거나 원인이 아님을 밝힌다. 요약본은 원본에로 이끌어 주는 가이드 역일 뿐이다. 나로서도 오웬 전공자가 아니기에 워밍업 중이다. 도대체 오웬이 어떤 신학자였는가 윤곽을 파악 중이다.

『죽음의 수용소에서』

빅터 프랭클Victor Frankl, 빅토르 프랑클, 1905-1997의 『죽음의 수용소에서』청아출판사는 감동이 깊은 책 중 하나이다. 제2차 세계대전 기간 600만 유대인들에게 자행된 대학살Holocaust에서 살아남은 정신과 의사이다. 그는 3년간 아우슈비츠 수용소에서 버텨냈고 살아남았다. 종전 후에는 로고테라피logotheraphy라는 치료법의 주창자가 되었다. 국내에서는 의미치료로 번역하는 것을 보았다. 그는 3년 간의 수용소 생활을 마치고 나서 『죽음의 수용소에서』라고 하는 책을 써서 독일인들의 만행을 세계에 알렸고, 또

한 자신이 어떻게 그처럼 생지옥같은 수용소에서 버티고 살아남을 수 있었는지에 대해 기록하였다. 프랭클 박사는 나치 수용소에서 수많은 유대인들이 그들이 당면한 현실을 바꿀 수 없다고 생각하고 생을 스스로 포기한 사람들, 자포자기하는 마음을 가진사람들은 생존하는데 실패했지만, 당한 역경 중에서도 소망을 잃지 않은 사람들은 마

침내 구사일생으로 살아 남았다고 증거해준다. 생지옥에서 구사일생으로 살아남은 그의 수기 가운데 결론부에 있는 글이 인상깊다.

집에 돌아온 사람에게 있어서 모든 경험 중 최고의 경험은 모든 고통을 겪은 후에 이제는 하나님 이외에는 더 이상 아무 것도 두려워 할 필요가 없다는 경이로운 느낌이다. 119p.

세 종류의 조직신학 전집

평양 장로회신학교[1901-1938] 역사에 조직신학 교본은 저술 출간되지 못

했다. 이눌서[William Reynolds, 1867-1951]선교사 주관 아래 중국인 지아유밍[가옥명]의 교재를 번역해 썼을 뿐이다. 구례인[John C. Crane, 1888-1964] 선교사는 1954-1955에 걸쳐 조직신학 두 권을 출간했다. 집필은 평신[평양 장로회신학교]이 휴교한 후 미국으로 돌아가 목회하던 시기로부터 10여 년에 걸친 기간을 소요했고, 타이핑본으로 남았을 뿐 출판된 적은 없다. 번역에는 김규당 목사 등이 참여했다. 평신·총신 교수 중 조직신학 전체 교본을 출간한 첫 사례이다. 박형룡 박사는 1964-1973년 사이에 교의신학 7권을 출간했다. 그리고 총신에서 16년간 가르친 서철원 박사[1942-]는 은퇴하고 11년이 지난 후인 2018년에 교의신학 7권을 완간했다. 한편 1959년 예장합동과 나뉜 예장통합 교단의 장신대학교의 경우 이종성 박사[1922-2011]가 윤리학포함 12권의 대작을 출간한 바 있다.[저작전집 40권]

부흥과 대각성

30여 년의 세월 동안 이 주제에 관해 모은 자료들도 적지않다. 하지만 지극히 일부만 모았을 뿐이다. 부흥연구전문가 리처드 오웬 로버츠가 수집한 1987년 부흥문헌록에 의하면 6천 권에 육박했으니, 현재는 1만 권은 되지 않을까 싶다. 연초에 예수비전교회[합신, 신도림동] 도지원 목사님이 교리와 부흥컨퍼런스에 에드워즈의 부흥관을 강의해 달라는 요청을 해주셨고, 에드워즈로 박사논문을 썼고 70쪽에 달하는 6장은 부흥론 분석이었으니 할 수 있겠다 싶었다. 하지만 거듭된 승진 탈락에 심적 타격을 받고, 3, 4월 학내사태로 인한 수업거부 역시 심신을 피폐하게 만들었다. 다들 버티는 게 과제였던 시기였다. 그러다보니 강의 원고 작성 기한이 촉박해지면서 심신의 에너지가 바닥이 보일 정도였다. 어찌어찌 해서 엄밀한 논문보다는 한 편의 강의안 정도로 만들어 송고하고 말았다. 그래도 덕분에 피니의 부흥론도 다 읽고 적지 않은 자료들을 읽을 수가 있었다. 시간적 간격을 두고 다시 읽으니 에드워즈의 부흥론도 새삼스러웠다.

『칼뱅은 정말 제네바의 학살자인가?』

칼뱅을 대항하여 심심하면 제기되는 레퍼토리가 '칼뱅이 세르베투스의 화형 책임자이다', '제네바의 독재자이다' 등이다. 하긴 교회사 박사가 칼뱅을 제네바시장이었다고 쓴 책도 본 적이 있다. 칼뱅은 세르베투스 사건이 발생한 1553년에 제네바의 목사였다. 당시 시권력은 반칼뱅당이 장악하고 있었다. 이단의 죄는 제네바 법이 금하는 최악질의 죄 중 하나였다. 결과적으로 세르베투스의 화형은 시의회가 결정한 일이다. 소설가 스테판 츠바이크에 맞서 리샤르 스토페르가 칼뱅의 인간성을 쓴지도 반세기가 지났지만, 여전히 칼뱅을 학살자라고 하는 무리들이 있다. 역사는 반복되고 있다. 이번에 정요한 선생이 원전에 근거하여 이러한 역사적 근거 없는 비난들을 반박하는 소책자『칼뱅은 정말 제네바의 학살자인가?』세움북스를 출간했다. 만세지탄의 감이 있으나 환영하고 축하드린다. 많이들 읽으시고 의문을 파하시기를 바란다. 시리즈 제목처럼 팩트 체크를 잘 해보시기를.

로이드 존스가 애독했던 에드워즈 전집

배너 오브 트루스사Banner of Truth와 헨드릭슨사Hendrickson가 영인본으로 출간해온 힉맨판 에드워즈 전집은 원래 2권으로 1834년 런던에서 처음 출간되었다. 각 장이 백과사전처럼 두 단으로 편집되어 있고 글자가 깨알같이 작은 옥타보판이다. 마틴 로이드 존스는 1929년에 카디프의 중고서점 귀퉁이에 꼽혀있던 1834년 원본을 값싸게 구입한 이후 근 반세기를 읽고 또 읽었다. 마침내 1974년에는 영인본도 간행하도록 영향을 미친다. 1834년 판은 미국의 우스터^{Worcester}에서 나온 첫 전집을 포함하고, 드와이트의 에드워즈 전기¹⁸³⁰를 포함시켰다. 1권에는 의지의 자유, 원죄론, 신앙감정론, 놀라운 회심이야기, 균형잡힌 부흥론, 천지창조 목적, 참된 덕의 본질, 구속사, 성만찬 참여자 격론과 후속편, 이신칭의론 등 주요 저술들이 수록되어 있다. 2권에는 주로 설교들을 선집했다. 이 판

본을 아주 강력하게 추천했던 또 한 사람이 있는데 미국의 교회사가였던 존 거스트너^{John H. Gerstner, 1914-1996}다.

서철원의 종말론

신대원에서 기독론을, 대학원에서 바르트의 창조론, 칼 라너의 신학, 그리고 슐라이어마허의 신학 등을 은사인 서철원 교수님께 수강했었다.

대학원 수업에서는 원문 읽기가 주안점이었다. 교수님이 은퇴하신지 11년만에 교의신학 전집을 출간하셨다. 78세의 연세에. 나오자마자 구입했으나, 방학이 되고서야 읽을 여유를 냈다. 신학서론과 기독론은 여러 번 읽은 적이 있다. 2학기 주력 과목이 〈인간론과 종말론〉이라 인간론을 읽기 시작했고, 오늘 오후 그리고 저녁까지 우중에 종말론을 단숨에 읽어내렸다.

종말론 본문은 266쪽으로 끝난다. 예전 개혁신학연구원 시절 채록한 강의안을 다 읽고 논문에 참고한 적이 있으나 교수님의 친필로 기술한 종말론을 빨리 읽어보고 싶었다. 가독성 있게 편집 되었고 난해하지 않아서 좋았다. 나 또한 6년간 가르친 과목이 종말론이다보니 반나절 만에 1독을 할 수 있었다. 아주 흥미로운 독서체험이었다.

익히 알려진 대로 서 교수님은 확고한 무천년설을 확집하고 있어, 박아론, 차영배 교수 등과 입장이 달랐다. 이 책은 서 교수님이 목회자의 설교 준비를 돕고 신자들의 진리탐구에 기여하려는 목적으로 저술하셨기에 모두가 편하게 읽을 수가 있다.

벨직신앙고백서

네덜란드개혁교회가 신앙표준문서로 수용한 일치의 세 신앙고백 문서
들은 벨직신앙고백서,^{네덜란드신앙고백서, 1561} 하이델베르크교리문답서,¹⁵⁶³, 그
리고 도르트신경¹⁶¹⁹이다. 그 가운데 개인이 썼고 그의 피로 친히 인을
친 신앙고백문서가 벨직신앙고백서이다. 콘페시오 벨지카 혹은 *Belgic
Confession*은 벨기에 신앙고백서가 아니다. 순교자 귀도 드 브레가 주
도적으로 만들었을 것이라는 점에는 이의를 제기하기 쉽지 않다. 벨직
신앙고백서는 다른 두 신앙고백문서에 비해 영어권이나 국내에서 관심
이 많이 부족했다고 할 수 있다. 최근에야 네 권가량의 관련 책들이 출
간되었다. 논문들도 아직 많이 나오지 않았다.

　나도 데면데면하다가 집중적으로 파고들게 된 계기가 있었는데,
2015년 한국장로교신학회에서 벨직신앙고백서의 종말론에 대해 발표
를 하게 되면서다. 국내에는 자료들이 많지 않아 여름 내내 사진에 있
는 많은 자료들을 영어권, 화란어권의 중고서점들을 통해 구입해서 연
구해야 했다. 발표 후 논문은 ≪개혁논총≫ 12월호에 기고했었다. 화란
어 계열의 좋은 자료들이 많은 것은 태생적인 이유 때문이기도 할 것이
다. 마음 같아서는 시력과 시간이 된다면 벨직신앙고백서에 대한 신학
적 해설도 써보고 싶은 마음이 있다. 총 37조로 구성된 순교자의 신앙

고백서 중 37조 종말론에 대한 논문을 썼는데, 1-7조에 담긴 성경관에 대해서는 2015년《신학지남》겨울호에 기고했었다.

조나단 에드워즈의 이신칭의론과 은혜론

『기독교 중심』은 미국에서 목회 중인 이태복 목사의 번역서로 개혁된 신앙사에서 2002년에 간행되었다가 절판된 책이다. 2008년 박사논문을 쓸 때 꼼꼼이 읽었고, 올해 3월 학교가 진통 중일 때 만 10년 만에 다시 열심히 읽었다. 2002년 처음 살 때에는 웨일즈에서 MA논문을 쓰던 동료 목사님에게 보내면서 나도 구입했었다. 첫 담임목회지였던 경북 경산시 하양읍 소재 기독서점에서목회지는 와촌읍 박사리 사놓고 제대로 읽는데 는 6년이 걸린 셈이다.

좋은 책들은 일단 사둘 필요가 있다는 증거일 것이다. 어느 날 무심히 꽂혀있던 책에 깊히 빠져들게 된다. 에드워즈의 이신칭의론은 전통적이다. 내 논문에서도 한 챕터 분량을 다루었지만, 국내에는 강웅산 교수님과 조현진 교수님이 전공자다.

이런 책들은 다시 출간되어 많은 독자들에게 읽혀지기를 바란다. 적어도 두 출판사에 재출간을 권했으나 내 소망은 이뤄지지 않고 있다.

『인간 본성의 사중 상태』

스코틀랜드의 신학자이자 목회자였던 토마스 보스톤Thomas Boston, 1676-1732의 『인간 본성의 4중 상태』한글판이 나온 것은 2015년 청교도대작 시리즈를 통해서이다. 이 시리즈의 출간은 전라도 한 섬의 의사 부부의 후원에 의해 이루어졌다. 청교도 저작들을 읽고 받은 부부가 은혜와 감사의 마음으로 선한 사업을 하고 싶은 열망을 가지고 있던 중에 이 시리즈의 번역료를 후원하면서 시작되었다. 그래서 이 대작을 볼 때마다 헌신자들에 대한 감사의 마음이 든다. 보스톤은 스코틀랜드 언약도의 후손이고, 당대도 그러했지만 현재까지도 스코틀랜드 장로교 신학자들 가운데 우선적으로 손꼽히는 몇 몇 인물 속에 들어간다. 에딘버러대학에서 교육

받은 후 1699년 목사 안수를 받아 심프린^{심프릴}에서 첫 목회를 했고, 1707년 에트릭으로 사역지를 옮겨 1732년까지 25년간 사역했었다. 19세기

에 들어 12권 저작전집도 출간된 바가 있다. 보스턴의 『인간 본성의 4중 상태』는 내가 강의하고 있는 인간론과 종말론 과목과 관련하여 추천하곤 하는 책이기도 하다. 두 목회지에서 전한 강론을 정리하여 1720년에 처음 출간하고, 1729년 생시 개정판이 나왔다. 그리고 한적한 시골마을 에트릭의 목회자인 보스턴의 저술은 스코틀랜드나 잉글랜드에서 100쇄 이

상 찍히기도 했지만, 네덜란드어로는 1742년에 완역되어 나왔다.

웨스트민스터신앙고백서 해설

영어 원서가 있지만 존 페스코^{John Fesko}의 『역사적 신학적 맥락으로 읽는 웨스트민스터신앙고백서』^{부흥과개혁사} 번역본을 어제 구입했다. 앞의 역사적 개요를 읽고, 이번 주에 종말론 첫 시간에 다룰 부분과 관련하여 마지막 부분을 급히 읽었다. ^{신경적 종말론으로 첫 강의를 하면서 벨직 신앙고백서 37조와 웨스트민스터신}

^{앙고백서 32-33장을 다룬다.} 그간에 많은 자료들이 출간되었는데, 역사적 맥락에서 웨민신학 분석을 이렇게 1차 자료로부터 제시한 한글 해설서는 처음인 걸로 안다. 페스코 교수는 몇 년 전에 양지에 방문한 적도 있다. 우연히 엘리베이터를 같이 탔는데, 신장이 작고 왜소해 보였다. 페스코는 칼빈신학교의 역사신학자인 리처드 멀러^{Richard A. Muller}가 은퇴한 후 칼 트루먼^{Carl Trueman}과 더불어 개혁파정통주의 연구의 쌍두마차가 되는 느낌이다. 그간에 출간한 구속언약^권을 비롯하여 많은 저술들을 통해 외면할 수 없는 학자라 인상이 깊은데, 웨스터민스터신앙고백서의 신학을 정리한 본서의 앞과 뒤를 읽어보니^{전체 책의 1/5정도 읽었을 뿐이나} 그야말로 '작

은 거인'이라는 느낌을 지울 수가 없다. 나머지 부분들도 열독할 생각이다. 그의 아버딘 박사 논문은 타락전 · 타락후 선택설에 대한 것이었다.

빌레몬서 강해 양장본

이른 아침에 처음으로 만난 빌레몬서 강해 2쇄 양장본. 베스트셀러의 속도는 아니지만, 2개월만에 찍은 2쇄라 기분이 좋다. 종이책이 사양

길에 들어선 시대에 그나마 고무적이라고 출판사 사장님도 얘기하시니 나도 기쁘다. 어제 저녁 수업 후의 약속은 어긋나서 아쉬웠지만, 출근길에 서점에 들러 책을 보니 기쁘다. 로이드 존스가 그랬듯 나도 양장본을 선호한다. 가죽 장정까지는 그렇고 양장본 정도로 보아야 좋아보인다. 양장본이라 천으로 된 북마커도 추가되었다. 손으로 만져봐도 페이퍼 바운드와 하드 바운드의 촉감은 다르다. 사소한 수정들은 일부만 하였다. 지난 8월말 이 책이 출간된 후 많은 피드백을 받았다. 힘이 되었다는 후기에 감사했고, 글이 따뜻하다는 평가에 내 마음도 따뜻했다. 어떤 대형 교회는 장로님들에게 필독서로 추천해서 읽혔다고도 한다. 어차피 선대의 연구들을 종합한 설교라서 내 소리는 없다시피하고, 바울, 오네시모, 빌레몬을 통해 역사하신 위대한 복음의 스토리이니 은혜스럽고, 따뜻하고, 감동적일 수밖에 없다.

에스겔주석

지나간 주 강의 중에 시작된 종말론을 다루며 이안 두굿[Ian Duguid]의 에스겔[NIV 적용주석]을 추천했었다. 시작된 종말론은 하나님나라의 현재에 대한 논의이기에 20세기 성경신학의 논의들을 근거로 다룬다. 두굿은 현재 필라델피아 소재 웨스트민스터신학교 교수로 있는 원로 구약학자이다. 칼뱅의 에스겔 강해가 완역되면 개혁주의자들에게는 크게 도움이 되겠지만, 아직 프랑스어에 갇혀 있고 영역본도 나오지 않고 있다. 깜쁜의 에릭 드 부어Erik de Boer교수의 제네바 박사논문이 칼뱅의 에스겔 36-48장 강해 편집과, 그리고 그 주제에 대한 연구논문 등 2부작이었다. 칼뱅의 에스겔 36-48장 강해 프랑스어 원문은 2006년에 이미 출간되었는데, 아직도 영역본 조차 나오지 않고 있다. 세대주의와 첨예하게 대립할 수밖에 없는 소위 미성취 예언 텍스트 이해는 쉽지가 않다. 남북의 통일, 곡과 마곡의 전쟁, 기업분배와 성전 건축 환상 등. 세대주의자들은 문자적 성취를 기대하고 있다. 이스라엘은 이스라엘이고, 땅은 땅, 성전은 성전, 12지파는 12지파라고 생각한다. 백투예루살렘운동도 같은 진영에 속해 있다. 그러나 두굿은 우리에게 개혁주의 관점에서 이런 예언들을 어떻게 읽고 설교해야 하는지 좋은 길잡이가 되어준다. 2003년 번역된 본서를 토대로 하여, 2004년 10-11월 40회에 걸쳐 박사교회 새벽강단에서 연속 강해하며 이 책을 철저하게 읽었었다.

화란어-영어 사전

Cassell Dutch -English Dictionary. 730쪽에 불과한 이 화영사전^{내용적으로} Kramers woordenboek과 동일을 처음 입수한 것은 1987년 9월 1일로서 대학 2학년 때였다. 6.29 민주화선언이 있고 두 달이 지났을 때였다. 강영안 교수

님을 통해 화란 유학을 꿈꾸기 시작했던 시절이라 이 사전의 발견은 금맥을 발견한 것같은 감격을 주었다. 수중에 돈이 없어 돈을 빌려와 샀었다. 당시 외대 화란어과가 있었지만 화·한사전이 아

직 나오지 않았었고, 부득불 화영사전에 의지해 유학시절에도 공부해야 했었다. 화란어 코스에서 만난 일본인 과학자 할아버지는 화일사전을 가지고 다녔다. 한자들이 섞인 것을 보며 부러움을 느꼈다. 이젠 낯선 언어를 이렇게 애써 공부하지 않아도 되는(?) 시대가 도래한 것 같기는 하다. 영어라도 잘 하는게 좋겠다 싶은 시대가 되어가고 있다.

『조나단 에드워즈의 성령론』

대구산격제일교회 담임목사로 재직하고 있던 2008년 말에 통과된 박사
논문을 2009년 10월에 부흥과개혁사를 통해 출간했고, 2013년에 2쇄를
찍었는데 재고가 곧 소진이 될 예정이라고 한다. 그래서 새로운 편집본
으로 출간할 준비를 시작했다. 언제 끝낼 수 있
을지는 미지수인데, 일단 박사논문의 원형을 거
의 보존하고자 했다. 10년 전을 되돌아보면 1
주일에 10회 이상 설교 사역을 하고, 제자훈련
을 했는데, 이런 학위논문을 썼다는 것은 은혜
의 기적이라고 할 수밖에 없을 것이다. 그해 여
름 당회의 허락을 받아 새벽기도 인도는 쉬기까
지 했지만, 그래도 역부족이었다. 특히 3장 삼위일체론적 성령론을 쓸
때 고뇌의 시간들을 많이 보냈던 것이 잊혀지지 않는다. 한편 5장의 경
우는 앞서 소개한 대로 그렇게까지 방대해질 줄은 미처 몰랐다. 지도
교수이신 김길성 교수님의 격려와 지지 덕분에 내 길을 자유로이 갈 수
있었고, 1년의 시간 내에 학위논문을 완성할 수 있었다. 그리고 한 장씩
이메일로 전송하면 코멘트해 주었던 오랜 친구이자 대학 선배인 정성
욱 교수Denver Seminary의 도움도 잊을 수 없다. 부심들로 심사에 참여하셨

던 최홍석 · 이상원 · 이승구 · 오창록 네 교수님들의 지도도 유익했다.

가옥명의 내세론.

가옥명Chia Yu Ming or Jia Yuming, 1879-1964의 내세론 1장. 내세의 필유를 읽었다.
내세가 반드시 있다는 뜻이다. 중국 난징신학교 교수였고, 중국 케직
운동 지도자로 불리는 그는 찰스 핫지와 어거스트 스트롱을 토대로 하
여 신도학조직신학을 집필했다.

평양신학의 이눌서 선교사는 정재면 등으로 번역하게 하고 감수하여
1931년 출간하여 장로회신학교 교재로 사용했다. 사진찍어 만든 PDF
를 프린트하니 상태가 좋지않아 읽기 버겁고, 국한문 혼용이 심해 주의

해서 읽어야 하고, 띄어쓰기도 잘 안 된 시
대라 잘 끊어 읽어야 한다. 그래도 중학교
1학년에서 대학교 1학년까지 한문을 필수
로 배운 세대라 이럴 땐 유익하긴 하다.

어서 속히 원본을 구하여 읽고 싶다. 한
국의 도서관들 중에는 장신대학교에 내세
론 원본이 있다. 우리 학교 도서관에도 없

다. 그런데 어디에서 이 책을 구할 수 있을까 싶다. 아무튼 가옥명의 내세론은 세대주의 종말론을 지니고 있다.

바빙크 문헌들

은퇴하신 어떤 교수님이 "칼뱅이 나를 좇아오는 건지 내가 칼뱅을 좇고 있는건지 모르겠다."라고 하신 적이 있다. 지난 30년간 내가 바빙크를 좇고 있는 걸까, 아니면 바빙크가 나를 좇고 있는 것인가 모르겠다는

생각이 들 때가 많았다. 암스테르담에 유학을 가서도, 그리고 귀국한 후에도 화란서점들을^{인터넷으로} 수색하여 작은 팜플랫까지 수집해 왔다. 사진엔 안 담겼지만 개혁교의학 1-4가 완역되자 말자 10개월간^{2011.10-2012.08} 9닝의 부교역자들과 더불어 그 전집을 스터디하고 완독했었다.

불금에 로이드 존스를 읽다

짧은 장마가 지나가고 갑작스레 무더워져 당황스러운 날에, 집중하던 것들을 잠시 내려놓고, 로이드 존스의 신간을 들고 집으로 왔다. 에스겔 36:16-36 강해이다. 영어원서는 *Saved by Grace Alone*이라는 굴찍한 제목이 달려있으나, 한글은 『에스겔 강해』라고 제목을 달았다.^{복있는사람}

아무튼 14편의 강해를 너댓 시간 집중해서 완독했다. 새벽 1시 40분 바깥 도로엔 불금이라는 핑계로 술취한 이들의 소음이 또렷이 들려온다. 신대원에 입학한 후 30년 동안 나는 로이드 존스와 동행했다. 물론 초기는 무척이나 집요하게, 최근에는 느슨하게의 차이가 있지만. 로이드 존스 평전 3부작도 읽었고, 단권도 읽었다. 최근에는 로이드 존스 성령세례론을 개혁주의 관점에서 비평한 박사논문 심사에도 참여했었다. 본서는 로이드 존스에게 갸우뚱하게 하는 성령세례론에 대한 강조

없이 복음에 대한 제시가 강렬한 강해서
였다. 죄 아래 있는 인간과 하나님의 주
권적인 은혜로 구원받은 인간 사이를 잘
해명했고, 주일 오후 성격대로 복음전도
적인 메시지를 잘 선포했다. 번역도 보
푸라기 하나 찾기 어려울 만큼 정확했고,
읽기에 편했다. 심플한 영어원서 페이퍼
바운드에 비해 미려하게 하드 바운드로
잘 편집한 것도 장점이다. 복음이 무엇인지를 알고자 하는 이들, 다시
한번 복음을 깊이 음미하고자 하는 이들은 이번 여름에 이 책을 꼭 읽
으시기를…. 까페에 홀로앉아 몇 시간만 집중한다면 충분히 읽어낼 것
이다. 그리고 후회하지 않을 것이다. 세 시간짜리 영화 한 편보다 비교
할 수 없는 유익을 얻게 될 것이다.

『계시철학』

바빙크의 후기 저작 중 하나인 『계시철학』은 예전에 위거찬에 의한 역
본으로 출간된 적이 있으나 잊혀진 책처럼 되어 버렸고, 최근에 박재은

박사에 의해서 새로운 역본이 다함에 의해 출간 되었다. 새로운 역본에 다음과 같은 추천사를 실었다.

『개혁 교의학』(1906-1911)을 통해 공교회적이고 개혁주의적인 신학 체계를 탁월하게 제시했던 바빙크는 1909년 미국 프린스턴의 스톤강좌에서『계시 철학』에 대한 연속강연을 했다. 이미 교의학 1권 후반부에서 일반계시와 특별계시인 성경에 대해 신학적으로 제시했음에도 불구하고, 계시 철학을 주제로 삼은 연속 강연을 통해서 보다 더 심화된 확장과 적용의 형태로 계시야 말로 자연과 역사 둘 다를 포함하고 있는 통일된 세계관을 위해 필수적인 요소라는 점을 역설해 보였다. 19세기 보편학(Universalwissenschaft)의 이상을 거의 체현했다고 볼 수 있는 대학자답게 바빙크는 본서에서도 당시까지의 신학과 철학 그리고 과학의 주요 성취들을 잘 섭렵하여 논의의 대상으로 삼되, 공정한 이해와 개혁주의적 관점에서 선명한 평가를 제시하고 있다. 당시 유럽에서부터 성경에 대한 고등비평이 쇄도해오던 위기 상황에서 성경의 영감과 무오를 변증하기 위해 고군분투하고 있던 프린스턴신학자들에게 이러한 바빙크의 연속 강연은 동질감과 위로를 느끼게 했을 것이다. 계시를 초점으로 삼아 다양한 주제들에 대해 학술적으로 제시하는 농도짙은 이 강연들을 통해 우리는 개혁주의 세계관과 학문관에 대한 방향성과 교훈점들을 얻게 되므로, 본서의 번역 출간을 환영하게 된다. 바빙크가 쓴 글이라면 무엇이든지 다 읽고 곱씹어볼만하다고 평가하기에도 그렇지만, 본서는 후기 바빙크의 학술적 수작이기 때문에 이어서 출간될『기독교 세계관』과 함께 숙독할 필요가 있다고 생각하는 것이다. 이번에 출간되는 본서의 특이점이자 장점은 에딘버러에서 에글린턴의 지도하에 바빙크 신학을 전공하여 박사학위를 받은 수탄토와 브록이 영어 원서와 화란어 원서를 대조하여 영역문을 수정 보완하고, 편집자 서문과 편집자 각주를 더하여 독자들의 이해도를 선명하게 해주었다는 점이다. 뿐만

아니라 본서의 역자인 박재은 교수는 미국 칼빈신학교에서 존 볼트 교수의 지도하에 칭의와 성화의 관계를 논구한 박사논문을 쓰며 화란 신학 전통을 깊이 연구한 학자로서, 난해한 원서를 정확하게 번역을 해 주었을 뿐 아니라, 각장 별로 핵심 내용을 요약 설명하고 적용점을 제시하는 해설부를 더해 주었다. 덕분에 역서의 분량은 원서보다 더 늘어났지만, 중요함에도 불구하고 그간 국내에서 잘 읽혀지지도 논의되지도 못했던 바빙크의 『계시철학』을 제대로 읽고 소화할 수 있도록 길라잡이 역할을 해줄 것이라고 생각한다. 개혁주의 신학뿐 아니라 개혁주의적 세계관, 문화관, 학문관 등에 관심을 가진 독자들은 이 책을 반드시 읽어볼 것을 권하는 바이다.

『처음 읽는 마르틴 루터 생애와 신앙고백』

루터는 칼뱅이 아니다. 그러나 칼뱅주의자들도 루터를 알고 지나가야 한다. 두 사람이 동질적이라고만 말해도 안 되고, 서로 관계가 없다고 말하는 것도 모르는 소리이다. 무엇이 같고 무엇이 다른지를 객관적으로 말해야 한다. 종교개혁 500주년[2017]에 루터를 이해해 보자는 심정으로 백여 권에 가까운 책들을 구입하여 할 수 있는 한 열심히 읽어

본 적이 있다. 루터에 대한 오해가 벗겨지기도 하고, 풍성한 이해도 얻게 되었다. 그럼에도 불구하고 칼뱅과 루터의 차이점은 더 명료해졌다. 마르틴 루터는 성경학자였지, 조직신학자는 아니었다. 루터신학 사상의 정수가 무엇인가에 대한 관심에서 연구를 하다 보니 1529년에 출간한『대교리문답』[Der Große Katechismus]이 루터 사상의 정수를 잘 드러내고 있다는 것을 알게 되었다. 그래서 적지 않은 시간을 들여서 연구를 했고, 루터의 신앙고백서를 분석 개관하는 논문을 써서 한국개혁신학회에 발표하기도 했다. 그 후에 「한국개혁신학」에 그 논문을 공표하였다. 그리고 그간에 산적해온 좋은 자료들을 활용해서 루터의 생애도 재구성해

보았고, 본교의 계간지인 《신학지남》에 두 번에 걸쳐 기고하기도 했다. 그러고 나서 이러한 자료들을 『처음 읽는 마르틴 루터 생애와 신앙고백』솔로몬으로 출간해 보았다. 이 책은 개혁신학자라는 정체성을 가지고 쓴 루터 입문서이다. 그 이상도 그 이하도 기대하지 않고 읽어주길 바란다. 말 그대로 처음 읽는 초심자의 입장에서 마르틴 루터라는 종교개혁자가 어떤 생을 살았으며, 그의 주요한 사상이 무엇이었는지 소개하는 입문서로 읽혀지기를 소망해 본다.

싱클레어 퍼거슨

복잡한 연구실에서 대충 찾아도 싱클레어 퍼거슨Sinclair Ferguson, 1948- 교수의 책이 이렇게 나온다. 영국 아버딘대학교에서 청교도 신학자 존 오웬의 그리스도인의 삶론에 대한 연구로 박사학위를 받고 영국과 미국에서 목회, 그리고 미국 세미너리 세 곳에서 교수로 재직한 이력을 가진 퍼거슨 교수. 1990년대인가 한국에 한 번

다녀간 후에는 강사 초대에 응하지 않는다고 한다. 한국인 박사 제자도 4명을 기른 줄 안다. 퍼거슨은 칼뱅과 청교도전통에 굳게 서서 강의와 저술 작업을 수행해 왔다. 그는 지나치게 대중성을 추구하지도 않았고, 그렇다고 지나치게 현학적이지도 않은 스타일을 추구해 왔기 때문에 어느 정도 독서훈련이 되어 있다면 즐겨 읽을 수 있는 수준의 글들을 많이 썼다. 이미 국내에 역간된 책들만 해도 20여 권쯤 되지 않을까 싶다. 그는 성경연구 책자들도 여러 권 저술했다. 요나, 산상설교, 마가복음, 에베소서, 빌립보서, 야고보서 어린이들을 위한 소책자들도 있다. 다만 아쉬운 것은 조직신학 교본 하나쯤 써주었으면 하는 것. 영국 신학자 로버트 레탐Robert Letham은 교본을 출간했다.

존 녹스 평전

최근에 나온 녹스 평전 내지 전기는 '우리 신학자가 쓴 종교개혁사 산책'이라는 시리즈에 포함되어 있다. 이미 루터김용주, 칼빈안인섭, 츠빙글리조용석, 우르시누스, 올레비아누스이남규, 멜란히톤정원래, 아 라스코, 베자, 마틴 부써 등이 출간되어 있고, 앞으로 호마루스, 불링거, 부카노스, 외콜람파디우스의 평전들이 출간될 예정이다.

국내에는 스탠포드 리드가 쓴 녹스 전기가 1980년대에 이미 번역되어 적지 않은 독자들의 사랑을 받아왔는데, 이번에 김요섭 교수님의 평전은 그간에 발견된 자료들과 그 바탕 위에서 발전된 녹스에 대한 연구물들을 반영하여 쓴 최신의 자료이다. 서론에서 저자가 밝힌 대로, 19세기에 출간된 녹스 전집[6권]과 스코틀랜드 종교개혁사 현대어체

등의 원자료를 사용하고, 최근까지 영어권에서 출간된 주요 녹스 전기와 연구서들을 섭렵하여 본서를 저술했다. 사실 랭이 편집한 녹스 전집은 16세기 형태의 영어를 그대로 사용하고 있어서 녹스 연구자들로 하여금 영어 이상의 영어를 이해하려는 노력을 하게 만든다. 일례로 본서 183쪽에 저자가 인용하는 그 유명한 녹스의 칼빈의 제네바에 대한 표현인 "사도 시대 이래 가장 완벽한 그리스도의 학교"를 나도 가지고 있는 랭 편집의 *Works of John Knox*, 4:240을 찾아보았다.

> the maist perfyt Schoole of Chryst that ever was in the earth since the dayis of the Apostillis

물론 어느 정도 짐작해 가면서 읽을 수 있지만, 책 전체가 이런 식이면 이중의 고초가 따를 수밖에 없다. 아무튼 이런 자료들을 토대로 21세기에 사는 우리들에게 녹스의 시대적 배경, 생애 중 주요한 요점들과 사건들, 주요 저술들의 내용들을 한 권의 책으로 담아내어 준 것은 나처럼 녹스에 대한 비전문가들이나 장로교회사와 신학에 관심있는 독자들에게는 감사한 일이다.

녹스는 위샤트뿐 아니라 칼뱅의 제자라고 할 수가 있다. 사돌레토 추기경에 답신을 보내며 "나는 내 자신에 대하여는 잘 말하지 않습니다"CO, 5:389라고 밝혔던 칼뱅처럼, 녹스도 자신이 아니라 하나님의 영광이 인생과 사역의 궁극적 목적이었다. 그래서 그가 몇 년도에 출생했는지 조차 확실하지 않고, 그 복잡하고 소란스러웠던 스코틀랜드 사역 기간 동안에도 설교 중에 자신에 대한 언급을 하지 않았다. 아무리 메리 여왕과 정치가들이 변덕을 부리고 악행을 일삼아도 개인 이름을 거명하여 공격하지 않았다. 심지어 칼뱅처럼 그의 무덤자체도 순례의 장소가 되지 못하도록 만들었다. 물론 후대가 만든 동상들이 이곳 저곳에 있기는 하다. 하지만 녹스의 의도와 상관없는 후대의 일이다. 녹스는 16세기 스코틀랜드를 위해 부르신 선지자라는 자의식을 가지고, 정치적 책략보다는 오로지 말씀만을 섬기려고 했다. 그러니 로마교회 진영뿐 아니라 이익에 따라 변덕이 죽을 끓이듯하던 개신교 진영 정치가들조차도 녹스를 부담스러워할 수밖에 없었다.

최근에 나온 영화 〈퀸 오브 스코틀랜드〉가 녹스 시대를 다루고 있다. 대본이 누구의 것인지는 모르겠으나 녹스에 대해 굉장히 부정적으로만 언급하는 것을 볼 때, 녹스나 종교개혁에 대한 우호적 판단을 한 작가의 글은 아닐 것이라고 본다. 그러나 어쨌든 시대적 배경이랄까, 그 시대의 문물이랄까, 사는 모양이랄까를 가시적으로 보려면 이런 영화나 동시대인이었던 엘리자베스 여왕을 다룬 영화들을 보면 도움이 될 것이다. 마치 조나단 에드워즈의 시대를 눈으로 관찰하기 위해 멜 깁슨의 〈패트리어트〉 같은 영화를 보라고 권하곤 했듯이….

평전『존 녹스』를 읽으면 당시 시대적 배경이라는 무대 설정을 잘 하고 있다. 그리고 녹스의 생애 과정 과정을 신빙성 있는 자료에 근거하여 재구성을 잘 해준다. 때때로 인간의 내면 깊이 꿈틀거리며 지배하는 권력욕이나 돈에 대한 애착 등이 얼마나 종교개혁의 대의도 무참히 깨뜨릴 수 있는지 심층적으로 보여주려고 한다. 그리고 21세기 우리 한국 교회의 현실에 대한 투명한 거울을 삼아 독자로 반성을 해볼 기회를 주기도 한다. 16세기 개혁자의 삶의 여정을 찬찬히 따라가다가 때로는 저자의 개입에 의해 16세기와 21세기 사이 간격이 없어지고 소위 동시대성Gleichzeichtigkeit, conteporaneousness을 느끼게 되는 경험을 하게 한다.

그러나 무엇보다 중요한 것은 우리 한국의 주류적인 교단 중 하나이기도 한 장로교회의 원산국, 시조, 스코틀랜드신앙고백, 제1차 치리서에 대한 포괄적인 소개를 읽으며, 장로교회는 개혁교회와 무엇이 같으며 무엇이 다른가 하는 점도 확인하게 한다는 점이다. 한국장로교회는 칼빈만 아니라 녹스나 스코틀랜드장로교회에 대한 이해도 충분히 도모해야 한다고 생각한다. 이런 이유에서라도 본서는 장로교회에 속한 목회자들이나 신학도들이 필수적으로 정독해 볼 필요가 있다고 생각한다. 개인적으로 언제나 인상깊은 것은 녹스는 여왕이든 귀족이든 사람을 두려워하지 않았던 사람이라는 것이다. 그리고 녹스의 생애 가운데 특이해 보이는 점 중 하나는 첫 부인과 나이차이가 20세가 넘었고, 사별후 두 번째 결혼한 부인과는 37세 차이가 났다는 것이다.

아우구스티누스의 고백록

나의 무게는 나의 사랑, 그것이 나를 어디로 이끌든지 나는 그리로 끌려가나이다. 아우구스티누스, 고백록, 13.9.10(김광채 역, 430-1)-

내 일정이 분주함에도 불구하고 명절 기간 동안 고백록을 새로이 정독했다. 어설픈 수준이나 라틴어 원전도 때때로 뒤적여 가면서 읽었다. 김광채 역본을 보니 2006년 07월에 처음 완독했다고 책 뒤편에 기록되어 있다. 경산시 소재 대신대학교에서 어거
스틴의 신학 강의를 처음 앞둔 여름에 나는
피터 브라운이 쓴 히포의 어거스틴의 정평난
두꺼운 전기를 두 번 반복해서 읽고는, 몸살
을 앓았었다. 이름하여 책몸살이라 명명했던
기억이 난다. 박사리의 무더운 여름에 그 두
꺼운 책을 붙들고 몸부림쳤으니 몸살이 날만
도 했다.

아무튼 이번에 고백록을 읽으면서 새삼스러웠다. 때때로 후대 로마
교회의 싹이 될 내용들도 예민하게 느껴지기도 했다. 그러나 고백록은
고백록이다. 이 책은 꼭 읽어야할 고전 중 고전이다. 아빌라의 테레사
는 고백록을 읽으면서 비로소 자기 자신을 발견하게 되었다고 했다. 페
트라르카는 고백록을 읽으며 자기 이야기처럼 여겼다.

국내에 아우구스티누스의 3부작을 라틴어 원전에서 완역한 학자가
둘 있다. 로마교 진영에는 성염 교수가 있고, 개신교회에는 김광채 교
수가 있다.

이신칭의

퇴근 길에 그리심 출판사에서 온 증정본 『이신칭의』를 챙겨 귀가했다. 에드워즈의 칭의론이 국내에 처음 소개된 것은 2002년 후배 이태복 목사님에 의해서였다. 은혜론과 더불어 기독교 중심이란 제하에 출간되었다. 책을 낸 개혁된신앙사는 어느 날 문을 닫았다. 그 책도 중고서점을 통해서나 구할까 말까이다. 이번에 에드워즈 전문가인 정부홍 박사님에 의한 편역본이 출간되었다. 연초엔가 추천사를 보내었는데 이제 출간되었다. 추천사에 쓴 그대로이다. 에드워즈의 노샘프턴 교회에서 일어난 1734-35 부흥의 기폭제가 된 연속 강론이다. 정 박사님의 장문의 편집자 서론이 유익하고, 편역자 주들이 독서를 하는데 도움이 될 것이다. 개인적 소망으로는 에드워즈의 은혜론이 다시 출간되고, 삼위일체 강론도 이런 편역 형태로 출간되면 좋겠다. 물론 부흥과개혁사가 힘을 내어 예일 전집 간행에 박차를 가해주기를 염원한다. 에드워즈의 저술이나 관련 문헌은 여전히 즐겨 읽는다. 어떤 책들은 꿀송이처럼 달고, 어떤 책들은 군고구마처럼 구수하며, 어떤 책들은 심해를 잠수해 유영하는 것 같다.

아우구스티누스의 3부작

개신교 신학을 공부하는 신학도들이나 목회자들은 아우구스티누스의 3부작은 반드시 읽고 소화하는 것이 필요하다. 고백록, 삼위일체론, 하나님의 도성. 신학 기초 과정에서 싫든 좋든간에 기독교 신학의 고전적인 대작들을 필수적으로 읽히는 커리큘럼이면 좋겠다. 그냥 희망사항이다. 우리가 공교회적이거나 보편적인 교회의 신학을 추구한다고 할 때 교부들이 도외시되어서는 안 될 것이다. 하물며 교부들 중의 교부라고 할 아우구스티누스의 주저 3부작은 누구나 다 읽고 지나가야 될 고전 중의 고전들이다. 3부작 텍스트로 김광채 역본을 높이 추천하고 싶다. 로마교회 번역판은 용어상 개신교인들이 읽기에 어려운 때가 있다.

한국에서의 에드워즈 수용사

한국에서의 에드워즈 연구라는 분야가 그리 오래되지 않은데, 세계적인 관심도가 높다 보니, 일찍 내 박사 논문조차도 세계적인 책자에 언급되기도 했다. 물론 한국어를 읽을 수 없는 일본인 안리 모리모트가 도움을 받아 쓴 소개글 속에서다. Oliver Crisp and D. A. Sweeney eds., *After Jonathan Edwards* (Oxford/ New York: Oxford University Press, 2012), 234. 최근에 후배 한동수 박사가 2019년 트리니티신학교에서 한국에서의 에드워즈 수용사에 관한 박사논문을 썼다. Han Dongsoo, "Jonathan Edwards in Korea: A History of the Reception of Jonathan Edwards," Ph. D. diss., Trinity Evangelical Divinity School, 2019.

오늘 그 논문 속에서 내 박사논문에 대해 어떻게 소개하고 평가하는지를 찾아보았다. 209-211쪽이다. 대체로 잘 소개한 것으로 보인다. 뒷 부분에는 조현진 교수의 성령은사론 논문과 살짝 비교도 했다. 학자가 논문과 저술을 공표한다면 당연히 누군가에게 평가되고 때로는 비판을 받기도 해야 하는 것이 정상이거늘, 이런 글을 읽을 때는 늘 긴장이 된다. 목사가 설교 비판을 받는 것이나, 학자가 글에 대해 비판을 받는 것이나 썩 유쾌한 일은 아니기 때문일 것이다. 아무튼 흥미로운 박사논문이다. 언제 시간을 내어 찬찬히 전체를 읽어봐야겠다. 한글로 번역되어 많은 독자들에게 소개되면 좋기도 하겠다.

『성령의 재발견』

에스콘디도 소재 서부 웨스트민스터신학교
의 조직신학 교수인 마이클 호튼의 신간『성
령의 재발견』^{지평서원}을 연말에 완독하였다. 미
국 트리니티에서 유학 중인 제자 황영광 목
사의 번역이다. 잘 번역했고, 가독성 있게
편집되었다. 처음에 568쪽이라고 광고하기
에 왜 이리 두껍게 광고되었지 의아했다. 원

본이 300쪽 조금 더 넘는다. 그러나 읽기 좋게 편집이 잘 되었다. 호튼
은 후배 김찬영 박사의 박사논문에서 잘 정리해주듯이 언약신학에 있
어 메레디스 클라인^{Meredith Klein}을 따르며 소위 정통 주류라인과 결이 다
른 면들을 갖는다. 그러나 내가 보기에 호튼은 방대한 문헌들을 잘 소
화해서 활용하거나 평가하는데 탁월하다. 본서에서도 주류적인 개혁파
성령론뿐 아니라, 교부들, 현대신학자들, 오순절과 성령운동 계열의 신
학자들과 대화한다. 호튼의 책들은 정독 되어야할 가치가 있다. 연말을
맞아 분주하지만 성령에 대한 본격적인 집필을 염두에 두고 마침 번역
출간된 호튼의 성령론을 완독할 수 있게 되었다. 호튼도 그렇게 했듯이
기본적으로 칼뱅, 오웬, 카이퍼의 성령론을 숙지하는게 좋다. 그리고

보니 본서에서는 에드워즈를 참조하지 않았다. 개혁주의 성령론을 공부하고자 하는 초심자들에게 입문서로 퍼거슨의 『성령』[IVP]과 호튼의 『성령의 재발견』을 권독하고 싶다. 물론 이런 입문서보다 더 쉽게 쓴 소책자 집필을 불원간 끝내야 한다.

하나님 나라의 도래

헤르만 리덜보스Herman Ridderbos, 1909-2007가 1950년 41세 되던 때 낸 대작 『하나님의 나라』. 원제는 그 나라의 도래Het komst van het Koninkrijk였고, 영역본도 The Coming of the Kingdom이었다. 그러나 한글은 영역본에 근거했으면서도 1987년 엠마오 때도, 2009년 솔로몬 개역본 때도 하나님의 나라로 줄였다. 사실 리덜보스의 책은 게할더스 보스[1930]나 오스카 쿨만[1946]에 이어, 하나님 나라의 현재성과 미래성을 공히 강조했다. 본서는 특히 공관복음에 나타난 하나님나라 연구에 있어 클래식이다. 1980년대 후반 영역본으로 이 책을 처음 접했고, 제목만으로도 가슴을 설레이게 했다. 「미래의 현존」The Presence of the Future[조지 래드 전집 중에 포함]와 더불어, 그 왕국의 도래라니…. 교회에는 평강만 넘친다고 노래 부르고, 나라는 온통 민주화 열기에 사로잡힌 시절이었으니, 20대 초반의 나그네에게 두 책은 제목부터가 멋있었고, 탈출구를 보여주는  것 같았다. 그러나 이 책을 제대로 읽게된 것은 종말론을 가르치면서이다. 2009년 개역본을 사서 거의 다 읽고, 남은 부분을 어제와 오늘 심야에 다 읽었다. 660여 쪽이다. 유럽 학자답게 두터운 스테이크 느낌의 책이다. 저자는 여러 현대 비평학자들의 작품과 씨름하며 개혁주의 관점을 지켜내고 해설해 준다.

바빙크의 기독교 세계관

바빙크의 『기독교 세계관』 실물을 드디어 봤다. 은사 강영안 교수님이 감수하시고 해제의 글을 쓰셨다. 몇 번 톡도 주고 받았고 미리 해제의 글도 읽은 적이 있는데, 감사의 글에 이름을 넣어주셨다. 『기독교 세계관』은 1904. 10. 20에 바빙크가 자유대학 총장직을 이임하며 연설하려고 준비한 대본을 출간한 것이다. 분량이 많아 실제로는 다 읽을 수는 없었다. 1913년에 2판, 사후인 1929년에 3판이 나왔다. 당시 200명 조금 넘던 시절 자유대학교인데, 교수 취임 연설이나 총장 취임 연설의 수준이 개혁주의 세계에서 탑 클래스였다는 것. 가슴이 저며온다. 개혁주의라는 구호는 강력한데, 그런 학문성은 보여주지 않는 예들을 적지않게 보는 현실이기에…. 바빙크의 계시철학과 세계관, 그리고 하나님의 큰 일 정도를 세트로 읽으면 유익할 것이라고 본다. 물론 거작은 개혁교의학1-4와 개혁파윤리학이다. 교의학과 윤리학 독서가 히말라야 산맥 등정에 비유된다면, 계시철학·세계관·큰 일은 국내 명산들 등정 정도에 비유할 수 있겠다. 바라고 바라기는 바빙크의 기독교 편람이 속히 번역되는 것이다. *Handleiding bij het Onderwijs in den Christelijken godsdienst*Kampen: Kok, 1913은 251쪽 분량의 기독교 교리교육 지침서이다.

『합당한 예배』 초판본

오늘 아침에 출근하여 암스테르담에서 날아온 동료 교수님의 소포를 챙겼다. 아 브라컬의 『합당한 예배』*Redelijke Godsdienst* 초판1700 제1권. 인터넷 서점들에서 극히 구하기 어려운 판본이나 벼룩시장 같은 사이트에서 보고, 직구가 불가능해서 화란을 방문 중인 동료 교수님께 부탁하고 송금하여 이 극희귀본을 만난다. 물론 제3판1707이 최종 표준판이다. 그것도 구하기 어렵다. 그나저나 배송료 별도에 책값 45유로로 이 희귀서적

을 구했으니 득템이다. 독일어를 배울 때 만
난 김밥글씨체, 독일어로 프락투어슈리프트
Frakturschrift라고 하는 저 글씨체가 나름 멋있다
생각했으나 정작 읽는데는 너무 버겁게 만든
다.

테오도르 베자 평전

어제 저녁 시간과 오늘 저녁 시간을 들여 양
신혜 박사의 베자 평전^{의투스} 읽기를 마쳤다. 한국인 학자에 의해 처음 저
술 출간이 된 종교개혁자 테오도르 베자 이야기. 아주 흥미진진했고,
칼뱅에 비해 베자에 대해 문외한인 나로서는 큰 배움의 계기가 되었다.
본문은 450쪽이 조금 넘는다. 중반에 가면 흑사병이 일어났을 때 어떻
게 해석하고, 어떻게 대처해야 하는가에 대한 베자의 이야기가 나온다.
가끔 지금 코로나19 때문에 교회 집회를 어떻게 할 것인지에 대한 토론
이 있다. 비교가 안 될만큼 치사율이 높았던 흑사병 발병 시에 개혁교
회와 목회자는 어떻게 대처했는지 궁금한 분들은 양신혜 박사의 최신
간『베자』^{의투스}, 211-237을 읽어보시기를 권한다. 양 박사는 책 끝 부분

에서 2011년 목회시기에 발표한 내 논문을 잠깐 언급하고 지나간다. 내 글은 칼뱅과 칼뱅주의자들의 저항신학을 개관한 것이고, 그 일부가 베자의 '백성들에 대한 위정자의 권한'[1574, 박건택 역]을 분석한 것이다. 베자 평전은 이제 한국에서의 베자 연구를 하려는 이들에게는 출발점이자 필수 참고 문헌 중 한 권으로 자리매김할 것이다. 물론 본서 한 권으로 86세를 살며 다중적 사역을 하고, 40여 권의 서간문집을 비롯한 다양한 저술을 남긴 베자에 관한 모든 것을 말해주기를 기대하진 말라. 그래서 출발점이라고 표현하는 것이다. 양 박사는 베자에 무지하던 한국교회에 중대한 실마리[Leitfaden]를 안겨 주었다.

『일그러진 성령의 얼굴』

오늘 오후와 저녁 시간을 활용해서 박영돈 교수님의 『일그러진 성령의 얼굴』[IVP 2011]을 다 읽었다. 한국교회 내에 횡행하고있는 잘못된 성령운동에 대해 현장 조사를 하고 신학적 숙고 작업을 통해 그 기여와 문제점들을 비판하되, 일반 독자들이 읽기 쉬운 평이한 언어로 잘 쓴 책이다.

성령론이나 신학도들만 읽을 수 있는 책이 아니고, 독서 내공이 어느 정도 쌓였다면 대체로 집중하여 다 읽을 수 있을 만큼 흥미롭고 감동이 깊은 책이다. 동일 저자의『성령충만, 실패한 이들을 위한 은혜』[SFC, 2008] 역시도 독자들의 많은 사랑을 받은 양서이다. 두 권을 함께 읽으면 유익할 것이다. 박 교수님은

칼빈신학교에서는 성령충만으로 석사논문을 썼고, 웨스트민스터신학교에서는 리처드 개핀 교수의 지도 아래 역시 성령론을 주제로 박사논문을 썼다. 『일그러진 성령의 얼굴』에 대한 알라딘서점 별점을 보니 극과 극을 달린다. 그럴 수밖에 없을 것이다. 임파테이션, 금니로 변화, 방언 등을 강조하고, 저자의 거듭된 논지에 동의할 수 없는 독자들은 이 책이 무척이나 불편할 것이다. 저자가 은사중단론자가 아님에도 불구하고 호불호가 분명하게 갈리게 하는 책이다.

성경대로 살자고 하면 세상에서는 말할 것도 없고, 교회나 가정 안에서도 불편을 감수해야 하는 시대이다. 성경대로에 동의해도 해석이 달라지고, 너무 대립적이게 되는 것도 신학자들과 목회자들의 세계이다. 솔라 스크립투라라
턴어. Sola Scriptura, 오직 성경으로 구호들을 외치지만 본문을 대하는 해석학이 다르면 결과는 달라지기 마련이다.

신학

교회의 일치를 사모했던 칼뱅

이렇게 교회의 몸이 절단났다면, 그 몸은 피를 흘리고 있는 것입니다. 이 일이 내게 너무도 관심이 있기에 내가 무슨 소용이 될 수 있다면, 그리고 필요하다면, 이 일로 인해 10개의 바다도 건너기에 인색치 않을 것입니다.

1552년 4월에 종교개혁자 칼뱅이 영국의 토마스 크랜머에게 쓴 편지 중에 나오는 글귀이다.^{CO, 14:314} 제네바 대학이 제공하는 칼뱅전집^{Omnis Opera Ioannis Calvini} 디지털 자료 해당 부분을 찾았다.

> Ita fit, ut membris dissipatis, lacerum iaceat ecclesiae corpus.
> Quantum ad me attinet, si quis mei usus fore videbitur, ne decern
> quidem maria, si opus sit, obeam rem traiicere pigeat.

편지 전문은 CO, 14:312-314에 있다.^{https://archive-ouverte.unige.ch/unige:650}

16세기 개신교 종교개혁은 루터와 츠빙글리에 의해서 시작되었지만, 곧 성찬논쟁 때문에 루터파와 개혁파로 양분되고 만다. 게다가 재세례파와 같은 극단적인 분파운동도 가세했고, 후에는 헨리 8세에 의한 영국 성공회도 생겨나게 된다. 칼뱅은 이러저러한 교회 분열로 인하여 종교개혁의 대의가 공격받는 것에 대해서 가슴 아파했고, 크랜머에게 위와 같은 심경을 밝히기도 했던 것이다.

칼뱅을 읽음에 있어 흔히 그러해왔듯이 『기독교강요』를 필수적으로 읽어야 하지만, 그러나 그의 주석들과 설교집들, 그리고 논문집들과 서간문들도 같이 읽는 것이 유익하다고 할 수 있다. 제네바 목사회록과 꽁시스뚜와르Consistoire, 당회 혹은 교회 치리법원 필로 번역해도 불충분하게 느껴짐 기록들도 어느 정도 참고하는 게 좋다.

메타 파레시스 - 담대히

학자도 그러하지만 설교자도 때로는 단어의 의미나 어원에 대해서 깊이 연구해야 할 때가 있다. 우리가 사용하고 있는 한글로 다 담아내지 못할 원어의 심오한 뜻이나 감동을 주는 배경이 있기 마련이다. 히브리서 4장 16절에 보면 '담대히'라는 단어가 나온다.

> 그러므로 우리가 긍휼하심을 받고 때를 따라 돕는 은혜를 얻기 위하여 은혜의 보좌 앞에 **담대히** 나아갈 것이니라. 히 4:16

'담대히'라는 말은 히브리서 기자가 메타 파레시아스^{μετὰ παρρησίας}라는 문구를 사용했는데, 사도 바울도 여러 번 사용했던 단어 파레시아^{parresia}는 "용기와 확신에서 나오는 두려워하지 않는 마음"을 의미한다. 최근에 번역된 댄커^{Danker}의 헬라어 사전에 보면 좀 더 상세하게 잘 설명을 해 준다.

> 말을 통제하고 제한하는 것과 반대로 말함에 있어서 자유로움에 관해 솔직함, 허심탄회, 마음을 놓음/ 의사소통을 할 때 전제하는 관계의 자신감 있는 요소에 초점 솔직함, 대담함, 자신감.

어린 자녀가 부모에게 서스름 없이 달려와 오만 가지 말을 다하고, 감정을 표현하고, 그리고 요구를 하는 장면을 연상해 본다면 우리는 파레시아, 담대함이 무엇을 의미하는지 이해할 수 있을 것이다. 히브리서 4장 14-16절에 대한 나의 설교 원고 중 한 자락이다.

> 우리는 연약합니다. 부서지기 쉬운 화강암 같습니다. 뭉겨지기 쉬운 진흙 같습니다. 사람 눈치 보고, 무서워하고, 할 말도 못하는 사람으로 살기 쉽상입니다. 그러나 하나님은 자기 백성들인 우리들에게 담대히 나아오라고 말씀하셨습니다. 때때로 바울도 여러 번 사용한 파레시아라는 단어를 떠올려 보곤 합니다.

성경대로 살자

성경대로 살자고 하면 세상에서는 말할 것도 없고, 교회나 가정 안에서도 불편을 감수해야 하는 시대이다. 성경대로에 동의해도 해석이 달라지고, 너무 대립적이게 되는 것도 신학자들과 목회자들의 세계이다. 솔라 스크립투라라틴어. Sola Scriptura, 오직 성경으로 구호들을 외치지만 본문을 대하는 해석학이 다르면 결과는 달라지기 마련이다.

 과거 내가 담임목회할 때 강해설교에 생사를 걸었다고 선언하고, 연속 강해를 11년 하고도 3개월을 진행했었다. 설교자의 기대는 듣기 싫어도 본문해설과 적용이라면 그냥 들어주는 거였으나, 감동을 받고 변화하는 이들도 있는 반면, 소수는 격렬하게 반대했다. 왜 연속 강해를 하냐고 시비거는 이들도 있었고, 설교 중에 죽음에 대한 언급도 싫어했다. 그래도 난 지금까지 연속강해 설교를 개혁주의 설교의 근간이라고 본다. 물론 나로서는 칼뱅, 에드워즈, 스펄전, 로이드 존스 등과 같은 농도의 설교는 못했다. 나로서는 배울 점도 있으나 남의 옷과 같았다.

 본문 연속강해lectio continua에 집중하는 사역을 하려면 본문을 열심히 연구하고, 현장에 적합한 적용이 되도록 현장에 익숙해져야 한다. 또 말씀이 영광스럽게 역사하도록 기도하고, 공격에 맞설 수 있는 용기가 있어야 한다. 나로서는 설교에 대한 칭찬도 실망도 다 익숙한 편이다. 그러나 설교자가 잊혀지고 본문이 천둥번개처럼 역사하거나, 이슬처럼 조용히 스며들며 역사하는 것을 경험하는 설교를 희망한다. 오늘 나는 하나님이 손 내밀어 생명의 빵을 주셨다는 감격이 있는 설교를 바라곤 한다.

루터에 대한 오해

루터는 설교를 해서 말씀의 씨앗을 뿌린 이후 그 열매 맺는 일을 성령께 넘겼고, 친구 필립과 평온하게 비텐베르크 맥주를 마시며 앉아 있었다.

오래 전 어느 수업시간에 이런 유사한 말을 들은 적이 있었다. 그러나 제대로 된 루터 전기 하나라도 읽어보면 이렇게 말할 순 없다. 그가 맥주를 일상 음료로 마신 것은 사실이다. 그리고 루터는 "나는 한 것이 없고 하나님의 말씀이 모든 것을 하셨다."고 고백한 적이 있다. 그렇다고 인용한 비난의 말처럼 방종 내지 무위도식한 것은 아니다. 누가 저런 말을 유포했나 싶었더니 에어랑엔대학의 역사학자 칼 리커Karl Rieker, 1857-1927였다고 한다. 위필드, 『칼뱅』 새물결플러스, 35 심지어 존 웨슬리도 루터에게는 성화론이 없다고 담대하게 주장했다.

그러나 루터는 칭의뿐 아니라 성화 혹은 그리스도인의 삶에 대한 지대한 관심을 가지고 있었다. 루터의 말을 한 구절 음미해 본다.

> 선한 행위가 결코 선하고 경건한 사람을 만드는 것이 아니라, 선한 사람이 선하고 경건한 행위를 하며, 그래서 모든 길에서 모든 선한 행위에 앞서 인격이 선하고 경건해야 하며, 경건하고 선한 인격으로부터 선한 행위가 뒤따르고 나온다. 열매가 나무를 내는 것이 아니며, 또한 나무가 열매 위에서 자라는 것이 아니라, 그 반대이다!

본질보다 현상에 관심이 많은 사람들

필feel이 오면 일을 하고 필이 안오면 안 한다는 이들을 보았다. 감동이 오면 하고 감동이 안 오면 안 한다고 하는 이들도 많다. 그런데 사실무근이거나 반쪽 진리에 근거해서도 감동은 전달할 수 있다는 게 문제이다. 오히려 더 진리인 것처럼 느끼게 만들고, 추종하게 만들 수 있다. 플라톤은 법률편에서 가장 의로운 자가 이 땅에 오면 사람들이 진리가 아니라 진리인 것처럼 보이는 것을 선호한다는 것을 알게 될 것이다고 말하며 당시 세태를 비판한 적이 있다. 오래 전 힐쉬베르거『서양철학사』

로 공부할 때, 그는 독일어로 봐르하이트^{Wahrheit}와 봐르샤인리히카이트
^{Wahrscheinlichkeit}를 가지고 표현했다.

설교도 마찬가지이다. 감동을 주려고 인위적으로 분위기 만들지 말
고, 진리를 바로 전하여 때론 불편과 지겨움을 넘어 참 은혜받음에 이
르기를 소망하자. 울게 하든 웃게 하든 설교자가 만들어 내려하지 말
고, 성령께서 울게 하시든 웃게 하시든 주권의 영역으로 남겨드리자.
이게 잘 안 되는 참을 수 없는 존재의 가벼움. 아니 가볍고 날리는 거품
같은 영성. 결코 나도 무관하지 않다.

_이른 아침 부터 학교와서 물 위로 떠오른 쇠도끼^{왕하 6:1-7}묵상하다가.

소확행

수 년 전부터 우리 사회에 유행하는 신조어가 소확행^{小確幸}이라는 단어
다. 인터넷에 찾아보니 '소소하지만 확실한 행복'의 줄임말로, 일본의
소설가 무라카미 하루키가 레이먼드 카버의 단편소설 *A Small, Good
Thing*에서 따와 만든 신조어라고 한다. 물론 많은 사람들이 생각하는
소확행이란 현재 내가 누릴 수 있는 작지만 손에 잡히는 행복들을 말한
다. 별 생각없이 마시던 커피 한 잔도, 가볍게 산책할 수 있는 것도, 주변

의 자연을 감상하는 것도 깨닫고 보면 소확행의 소재가 될 수가 있다.

청교도 신학자 조나단 에드워즈의 글에도 우리가 살아가면서 누릴 수 있는 작은 만족들에 대해 긍정적인 표현들이 등장한다.

신앙은 우리가 먹고 마시는 데서 충분한 만족을 얻고 대화나 기분 전환을 통해 누릴 수 있는 모든 합리적인 즐거움을 누리는 것을 허락한다. 또 우리의 모든 자연적인 욕구들을 충족시키는 것을 허락한다. 오감 중에서 우리가 즐겁게하고 만족시켜선 안 될 감각은 없다.

그리스도인이 이 땅에서 누리는 위로는 하나님의 사랑에 대한 고려, 즉 하나님은 자신의 아버지이자 친구이며 자신을 사랑하시고 기뻐하시기 때문에 이러한 축복을 주신다는 생각으로 인해 더욱더 감미로운 것이 된다.

길동무 생각

인생을 길로 비유할 때가 많다. 길을 감에 있어 목적지가 같은 사람도 있지만 목적지가 다른 사람도 있다. 목적지가 같다면 우여곡절 끝에 같은 곳에 도달하겠지만, 목적지가 다르다면 아무리 힘쓰고 애쓴다 해도 언젠가 길을 갈라설 수밖에 없게 된다. 설령 목적지가 같은 길동무라

해도 열의 열 가지가 합의 되는 길동무는 드물 것이다. 그리고 때로는 다르나 때로는 같아지는 경우도 있을 것이다. 중요한 것은 한 목적지를 향해 가고 있는 길동무를 만나는 것이고, 그렇다 해도 본질적인 것과 비본질적인 것을 구분하여 전자에 집중하고 후자로 노중 다툼하지 않는 것이다.

때론 혼자서 외로이 길을 가기도 하지만 우리에게는 사회적 본성을 주셨으니 길동무들과 함께 가기도 해야 한다. 길을 그냥 간다고 되는 게 아니다. 길을 가는 법을 배워야 한다.

구례인 선교사

1901년 5월 15일에 설립되어 1938년 9월 일제의 신사참배에 반대하여 무기한 휴교해버린 평양 장로회신학교 역사 가운데 조직신학 교수는 이눌서와 구례인 두 사람이 있었다. 첫 조직신학 교수 윌리엄 레이놀즈 이눌서선교사가 1931년에 역간하여 사용한 것이 중국 신학자 가옥명지아유밍의 『신도학』이었다. 레이놀즈가 은퇴 후 2대 조직신학교수로 부임한 이는 기존에 강사로 출강하고 있던 구례인 선교사존 커티스 크레인였다. 구례인 선교사는 레이놀즈처럼 남장로교 출신이고, 리치몬드 소재 유니온

신학교 출신이었다. 주로 순천을 중심으로 오랜 시간 사역했다. 그러나 그가 평신^{평양 장로회신학교}에서 가르친 기간은 1937년 가을학기와 1938년 봄학기 등 1년에 불과했다. 신사참배 가결에 항거하여 평신^{평양 장로회신학교}이 무기한 휴교에 들어갔고 사실상 자진 폐교상태가 되어 버렸기 때문이다.

구례인은 미국으로 돌아가 목회하면서,[1941-1946] 그리고 해방 후에 한국으로 돌아와 다시 전라도 지역에서 사역하면서,[1946-1949] 다시 병을 얻어 미국으로 돌아가 1949-1953년 등의 기간 동안 평신에서 부터 계획했던 조직신학 교본 저술에 전념했다. 이 일을 위해 프린스턴신학교와 뉴욕 유니온신학교에서 청강을 하기도 했다.

그렇게 해서 1954-1955년 한글로 나온 책이 거무틱틱한 장정의 두 권 대작이다. 2천 쪽에 육박하는 대작이다. 죽산이 장로회신학교 교장으로 해외신학교 시찰을 떠나면서 학교 당국은 미국에 있던 구례인 선교사를 교수로 초청하였고, 1954.09-1956.10까지 교수 하게 된다. 죽산이 돌아오고 나서도 같이 가르치지만, 지병 때문에 결국 1956년 10월에 영구 귀국하였다.

독터 로이드 존스와 관련된 가장 큰 논쟁거리 둘

로이드 존스와 연관된 두 가지 큰 논쟁이 있다. 첫째는 1960년대에 스토트나 패커와 가졌던 교회론적인 논쟁이고, 둘째는 중생과 성령세례를 다르게 보는 것에 대한 논쟁이다. 전자는 이안 머리의 분열된 복음주의나 맥그래스가 쓴 패커 전기나 혹은 디모시 더들리가 쓴 스토트 전기에서 읽을 수가 있다. 양쪽 입장이 첨예하게 달랐다. 로이드 존스는 진리 안에서의 일치가 중요하기 때문에, 자유주의자들이 있는 성공회에 복음주의자들이 남아 있어서는 안 된다고 생각했고, 패커나 스토트는 성공회 내에 남아서 복음주의를 수호해야 한다고 생각했다. 이제 50년이 지나왔는데, 과연 어느 쪽 입장이 맞았을까? 교회사 전체를 두고 보더라도 교회의 일치를 우선시 하면 진리와 거룩이 약해지고, 후자를 강조하다 보면 전자가 깨어지기 쉬웠다는 것을 확인하게 된다.

두 번째 문제 성령세례에 대해서 로이드 존스는 이미 에베소서 1장 강해나 로마서 8장 강해에서 자신의 입장을 충분히 개진했었으나, 그의 사후 3년 뒤인 1984년에 외손자 크리스토퍼 캐서우드에 의해 *Joy Unspeakable*과 1985년에 *Prove All Things*가 출간되어짐으로 소위 은사운동 하는 이들의 열렬한 환영과 신학자들의 강력한 비판의 화살을 맞게 된다. 요한복음 1장을 본문으로 한 로이드 존스의 설교를 두 권으

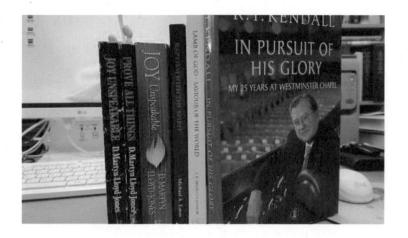

로 분책한 것은 출판사 사정 탓이긴 하지만, 사실 그렇게 낼 책이 아니었다. 1995년에야 출판사는 두 권을 합본했다. Joy Unspeakable이라는 동일한 제하에 설교 순서에 따라 정렬을 하기도 했다. 한국에는 앞의 분책 두 권이 번역되어 있다. CLC 이제 합본의 형태로 재간행될 필요가 있다.

마이클 이튼1942-2017의 『성령으로 세례』1989는 로이드 존스의 성령세례론을 논구한 신학석사 논문이다. 대단히 비판적인 책은 도날드 매크레오드가 쓴 책인데 여수룬에서 번역한 바가 있다. 로이드 존스의 후임은 옥스퍼드에서 칼뱅을 연구한 R. T. 켄달이었다. 2002년 사역을 마치고 25년 회상록을 출간했다. 2002 로이드 존스 생전에 켄달은 일주일에 거의 두 번 만나서 코칭이랄까 멘토링을 받았다고 한다. 자기 말로 하지만 독터의 사후 웨스트민스터채플은 급변했다. 빌리 그래함, 카인, 블렛싯, 윔버 등과 폭넓은 교류를 했다. 사실 누가 옳고 그르고를 떠나 로이드 존스라면 하지 않았을, 경악할 만한 일들이 켄달의 사역기 동안 웨스트민스터 채플에서 일어났다. 심지어 장로가 없는 회중교회에서 중요한 역할을 하던 집사들을 치리하기까지 하면서 자기 길을 갔다.

'미래의 현존'

『미래의 현존』은 미국 풀러신학교의 신약교수였던 조지 엘든 래드의 대표적 저술의 제목이었다. 『하나님 나라(의 도래)』는 헤르만 리델보스의 공관복음의 하나님 나라 신학을 정리한 저서명이다. 세대주의의 강력한 영향 아래 있던 지방에서 신앙생활하며, 답답하고 힘들었던 1980년대 후반에 이런 책들의 원서를 접하고 20대 초반의 나는 가슴이 뛰었다. 하나님 나라의 미래만 강조하면 현실을 무시하고 도피적이 되기 쉬운 법— 현존하는 그리스도의 왕 되심과 그 주권적 통치를 간과하게 되고, 현재의 의무를 태만하고 오로지 미래에 대한 기대와 종교적 준비에만 매진하기 쉽다. 반면 하나님 나라의 현재만 강조하다 보면 주님의 재림으로 미래에 완성될 나라를 가벼이 하고, 거짓된 승리주의, 문화낙관주의에 빠지기 쉽다. 소위 크리스텐덤Christendom을 만들려고 한다.

"죄 많은 이 세상은 내 집 아니네—" "이 아름다운 세상은 하나님이 지으신 세상—" 두 노래 가사가 다 맞다. 그러나 그릇된 사용, 오용이 있다. 현실도피를 위해 전자를 주제가로 현실긍정을 넘어 현재에 함몰되어 후자를 주제가로 삼는다면 둘 다 오용이다. 노래가 잘못된 것은 아니다. 오용이 문제다. 우리의 삶은 늘 실패하거나 이를 악물고 악전고투해야 하는 금욕 고행의 삶도 아니고, 종전의 기쁨에 승리가만 부를 수 있는 삶도 아니다. 이미 임하여 역사하는 하나님 나라의 통치에 참여하여 미래의 현존을 맛보고, 그러나 나그네의 심정으로 완성의 그 날을 향해 부지런히 걸어가는 삶이다. 현재에 주어진 사명을 수행하며 언제라도 주강림 하심을 맞이할 깨어있는 영성을 추구하는게 필요하다. 종말강화들에서 주님은 나태하지 말고 깨어있음과 현재 주어진 사명에 충성할 것을 요구하셨다.

정암 박윤선

정암 박윤선[1905-1988]은 평양 장로회신학교 졸업생이자 강사를 하면서 한국장로교 신학 교육에 입문했다. 만주 봉천에 이어 고신에서의 14년 교수, 개혁신학교 설립, 그리고 총신교수로 십수 년, 미국으로 은퇴했다가 다시 총신으로 복귀했다가 1980년 합신 설립에 동참했다.

이처럼 그의 개인사는 한국장로교회의 주요 분열의 역사와 맞물려 돌았다. 그의 신학적 기여는 신구약 원어에 기초하여 성경주석 작업을 위해 생을 바쳤다는 것이다. 만주에서 시작된 첫 주석 계시록주석은 1949년 고려신학교 이름으로 간행되었고, 완간은 1979년 다시 총신에 복귀하여 대학원장을 할 때였으니 가히 생을 바쳤다고 할 것이다.

1934-1936에 이은 2차 미국 WTS유학기간[1938-1939] 동안 밴틸에게서 변증학과 바르트신학 비판을 배우는 한편, 그나 다른 화란계열 교수들을 통해 바빙크의 개혁교의학 전집의 중요성을 알게 되었다. 본디 언어 공부에 취미가 있던 정암은 독일어에 이어 화란어를 자습해서 읽기 시작했다. 귀국시엔 바빙크의 화란어 원서도 들고 왔다고 한다. 국내에서 첫 바빙크 독서자였다. 1939년 일이다. 정암과 죽산은 1942년 만주에서 피난민 신학교에서 함께 가르치게 되었다. 죽산은 벌고프의 조직신학을 사용하여 강의안을 작성하고 있었다. 죽산은 화란어나 독일어를 공부할 기회가 없었던 것으로 안다. 그러나 제자 박윤선은 당시에 바빙크의 『개혁교의학』화란어 원서를 그 만주에서 읽고 있었다. 전해하는 전설같은 이야기에 의하면 제자 박윤선이 바빙크 원서를 읽고 있는 모습을 죽산은 물끄러미 바라보았다고 한다.

이중의 전가

의의 전가를 부정하는 자는 근본에 있어 죄의 전가를 인정하지 않는다. 타락 후 인간 조건에 대한 이해가 세미 펠라기우스파만 되어도 죄의 전가를 인정하기 어렵다. 어차피 교리적 개혁이 아니라 헨리 8세의 개인사 문제로부터 시작되었던 것이 영국 성공회^{Anglican Church}이다 보니 청교도 축출¹⁶⁶² 이후에는 그 신학적 대세가 세미 펠라기우스주의였다라고 볼 수밖에 없다. 그러하기에 성공회 주교를 지낸 톰 라이트의 입장도 이해가 가능하게 되는 것이다. 하지만 의의 전가가 빠지고 죄의 전가가 인정되지 않는 이신칭의론을 과연 바울의 복음에 대한 온당한 이해라고 할 수 있을까?

그랜파 톰의 장점들을 알아봐주되 왜 그가 의의 전가를 거부하는지, 그 근저에 죄에 대한 전가를 거부하는지를 본문 주해적 측면에서만 아니라 신학전통의 틀과 연관지어 볼 필요가 있다. 죄와 은혜에 대한 이해에 있어서 적어도 세 가지 전통의 차이를 잘 이해해야 한다. 펠라기우스주의, 반 펠라기우스주의,^{와 알미니우스주의} 그리고 아우구스티누스 · 칼뱅주의의 체계이다. 헤르만 바빙크는 『개혁교의학』^{부흥과개혁사}, 2,3권에서 이 체계들의 차이에 대해서 잘 해명해 주고 있다.

연속 강해

설교자는 긴 세월 설교하면서 대선지서·소선지서 강해를 피할 수 없고 피해서도 안 된다. 회중은 자신의 담임목사의 사역을 통해 성경전체에 대한 해석과 적용을 들어야할 권리가 있다. 역으로 그렇게 하는 것이 한 지교회를 맡은 목회자의 의무이다. 종교개혁시기 하인리히 불링거는 취리히 그로스뮌스터교회당에서 10년 만에 성경전부를 강해했다는데, 20-30년을 한 교회에 목회하면서 주제설교만 하고, 신약조차 체계적으로 강해하지 않는다면 적어도 개혁파적이지 않다고 생각한다.

1519년 스위스 종교개혁 이래 연속 강해lectio continua는 개혁파 설교전통이다. 때로 주제설교나 절기설교가 있다. 그러나 주제설교가 아니라 강해설교가 주가 되어야 한다. 여기서도 개혁파와 복음주의가 나뉘고, 개혁파적 설교학과 실용적 설교학이 나뉘는 것 같다.

신학교에 다닐 때 주해연습, 신학적해석, 설교학을 잘 연마해야한다. 성경의 장르별, 책별 배경 연구도 잘 해야 한다. 그리고 몇 명의 대표적인 강해설교자를 연구할 필요도 있다. 1980년대 후반 이래 나는 박영선, 로이드 존스, 스토트, 김서택, 옥한흠 목사님 등의 주요 강해서들을 많이 읽어 보았다.

남는게 추억이요 사진이라던데, 목회에 있어선 강해하느라 본문과 씨름했던 시간들과 그 말씀 사역에 의해서 변화되고 성숙한 신자들만 남는다.

에드워즈와 신사도운동

조나단 에드워즈의 부흥론적 저술을 세심히 읽는다면 에드워즈는 신사도적 성령운동의 선례라고 할 광신주의와 모든 성령의 현재적 역사를 부인하는 반부흥론이라는 양전선과 싸운다. 이 두 입장에 대한 최종 반론과 비판이 『신앙감정론』 2부 중립적 표지론이다. 에드워즈는 이적과 특별한 은사에 대해 비중을 두지 않으려고 했을 뿐 아니라 때로는 은사 중단론에 가깝다. 단 삼위하나님과 교제하고 그 성품을 경험하는, 단적으로 구속적 사랑을 경험하고 성령의 달콤한 영향력을 사모하는 면에 집중한다. 결과적으로 그리스도를 닮아가고, 거룩한 성도가 되어가는 일에 집중한다. 이것이 『신앙감정론』 3부의 적극적인 표지론이다.

적어도 에드워즈의 주요 저술들을 읽고 이해를 하든 비판을 하든 하면 좋겠다. 빈야드는 에드워즈를 원조라했지만, 에드워즈 시대에 발생했던 일이나 에드워즈가 본질이라 보지 않았던 것을 에드워즈의 근본 입장인 것처럼 호도해서는 공정치 못하다. 사실 복음의 해명에 있어 타의 추종을 불허한다고 할 마틴 로이드 존스의 부흥론에도 에드워즈를 계승했다고 보기 어려운 면들이 있다. 왜 그가 켄달을 후임으로 세워 웨스트민스터 채플이 은사운동으로 나가게 되는지, 또한 왜 영국의 은 사운동가들이 로이드 존스를 자기들 편으로 여기는지를 심상히 보아서 는 안 된다. 또한 로이드 존스는 새라 에드워즈에 대해 소개를 하면서 공중 부양deviation을 했다고 했는데, 에드워즈의 부흥론에 보면 그러한 기 록이 없다. 오늘날 에드워즈의 강조점이 진기하고 이상한 체험에 있지 않는데, 신사도운동이나 빈야드는 자기들 원조라고 주장하고 있다. 그 러나 그것은 에드워즈를 호도하는 일이다.

울게 만든 한 제자

한 대학원 제자가 교회에서 처한 상황을 듣고 눈물을 흘렸다. 그리고 몇 줄 글을 써본다.

선한데 자기를 보호할 줄 모르는 사역자들이 있다. 주의 일에 충성하 지만, 사람들에게 모함을 받는다. 스스로 소리도 지르지도 못하고 어디 살려달라고 읍소할 줄도 모른다. 흔들리는 담과 같은 불안 불안한 종류 의 사람. 그래도 선하신 하나님은 보고 계신다. 선한 형상을 닮아가는

게 하나님은 선을 베푸신다. 한 해가 끝나가는 날 그런 제자 한 사람 때문에 눈시울을 붉혔다. 내가 애가 쓰인다.

그러나 하나님이 일하셔서 울타리가 되어주셨다. 교인들이 눈멀지 않았다. 눈치를 보고 잔꾀를 부리는지 선하고 신실한 일꾼인지를…. 그러고보니 오늘 뜬금없이 흘린 눈물은 선하신 하나님의 선하신 돌보심 때문인가 보다. 송사리 피래미 다 죽고 상어나 고래만 살것 같아도 참새 제비 멸종하고 독수리 매만 날아다닐 것 같아도 하나님은 작고 연약한 피조물들의 생존권을 보장하신다.

세상적으로 보자면 선하고 신실한 사역자들은 작고 힘 없어 보인다. 그래도 하나님께서 그들의 울타리가 되어 주시고 보호자가 되어 주신다.

우리는 하나님의 소중한 작품

최근에 우리 신자들이 하나님께 소중한 존재임을 말하는 신학자들의 글들을 몇 개 접했다.

하나님은 그분의 작품인 우리를 미워하지 않는다 즉 그분이 우리를 살아

있는 존재로 창조하셨다. 그러나 하나님은 그분 형상의 빛을 꺼뜨린 우리의 더러움을 미워하신다. 그리스도가 이 더러움을 씻기심으로 제거하실 때, 하나님은 그분의 순전한 작품인 우리를 사랑하시고 끌어안으신다.^칼

뱅, 로마서주석 3:25

하나님의 눈에 성도들의 인격은 빛나는 보석과 같아서 지극히 보배롭게 보입니다. 그러나 그 이유는 단 한 가지뿐입니다. 하나님께서 그들을 그리스도 안에서 보시기 때문입니다. 그들이 지체로 속해 있는 머리이신 그리스도의 귀중함 때문입니다. 그들이 접붙힌 바 된 나무이신 그리스도 때문입니다. 조나단 에드워즈, 『기독교 중심』, 230

진정한 믿음이 없으면 진정한 덕도 없고, 그리스도가 없으면 진정한 거룩도 생명도 없다. 그리스도의 의에 참여하지 못한 사람은 누구든지 또는 무엇을 하든지 평생 멸망으로 또 영원한 죽음의 심판으로 급히 나아가고 있는 것이다. 칼뱅, 『기독교 강요』, 3. 14. 5

여러분 자신에 대한 결코 암울한 결론들을 내리지 마십시오. 하나님도 여러분을 단념하지 않으시는데 여러분이 스스로를 단념하지 마십시오. Edwards, Works, 14:388

암스테르담 자유대학교 신학부

나는 신대원을 졸업한 후 비록 짧은 기간이지만 암스테르담 소재 자유
대학교 신학부에서 유학을 했다. 그 신칼뱅주의 전통 때문에 내 인생
에 잊을 수 없는 학교이다. 2019년 1월부로 헹크 판 덴 벨트[1971생]박사가
신학부 교의학 교수로 취임했다. 이전에 흐로닝언대학 교수였고, 그때
나 지금이나 개혁주의연맹Gereformeerde Bond이 재정 지원하는 교수직에 재
직하고 있다. 1880년 카이퍼, 1902년 바빙크, 1922년 헤프, 1940 베르까
워,[1945년 정교수] 1974 얀 페인호프에 이어지는 명예로운 교수직이다. 1989
년 페인호프가 돌연 사직하고 스위스 목회자로 가고 난 후 3년간 자리
는 비어 있다가 나의 지도교수인 아트 판 에흐몬트 교수가 1992년에 교
수직을 이어받았다. 그러나 판 에흐몬트 교수님은 건강이 좋지 않아
2002년에 62세로 조기 은퇴했고, 잠시 공석이다가 코르넬리스 판 데어
꼬이 박사가 교수직을 이어 받았다. 그리고 작년 10월에 66세로 은퇴를
했다.

　카이퍼, 바빙크, 헤프, 베르까워, 페인호프, 판 에흐몬트, 판 데어 꼬
이, 판 덴 벨트. 140년이 차가는 신학부 역사 가운데 제8대 조직신학 교
수가 된 것이다. 동료 교수로 헤이스베르트 판 덴 브링크박사Gijsbert van den
Brink나 개혁파 영성교수인 판 플라스따윈van Vlastuin교수도 재직 중이다. 자

유대학에서 유학하고자 한다면 지금이 신칼뱅주의 전통이나 청교도신학을 전공하기에 좋은 시절이라는 생각이 든다. 그나저나 자유대학교 VU Universiteit도 세대 교체가 많이 된 것 같다. 조직신학 분야에 브링크만, 판 더 베이크, 판 데어 꼬이, 프롬 등이 떠나고, 윤리학자 레인더스도 2016년 은퇴를 했다. 세월이 흘러감에 따라 옛 사람들은 떠나나, 새로운 인재들이 등단하게 되는게 인생사의 이치이다.

물숨 Breathing under water

물숨이란 해녀들의 용어이자, 2016년 나온 다큐 영화 제목이기도 하다. 여러 모로 볼만한 영화인데, 그리 흥행하진 않았다. 하긴 나도 그 존재도 모르다 최근에야 인터넷에서 보았다. 제주도 우도의 해녀들의 삶을 다큐 형식으로 담아냈다. 늘 물질하며 살아가는 해녀들의 삶 이야기가 단조로울 수도 있다. 그러나 이모저모 생각을 많이 하게 한다. 일단 수영을 할 줄 모르는 나로선 15-20미터 바다속도 자유로이 다니는 상군 해녀들의 자유로움이 부럽다. 바닷속 부요함을 누리는 것이. 그러나 해녀의 치명적인 위험은 물숨이다. 물숨이란 숨을 다시 쉬기 위해 수면 위로 떠올라야할 때를 놓쳐 물을 들이마시게 되는 것을 말한다. 그것이

죽음에 이르게 하기 때문이다.

왜 해녀들이 물숨을 들이마실까? 밖으로 나와야할 순간 눈에 뜨인 해산물을 캐내기 위해 욕심을 부리기 때문이다. 평생을 물질해도 수면위로 올라갔다가 다시 돌아오면 좀 전에 발견했던 해산물을 못 찾는다고 한다. 그래서 본김에 채취하려다 물숨을 들이마시게 된다는 것이다. 물숨은 한계, 분수, 도를 넘어까지 욕심부리는 인간 본성에 대한 경고이다.

그리스도 안에

헤르만 바빙크의 『개혁교의학』[1906-1911]은 서구 신학, 철학의 역사를 통섭했을 뿐 아니라 과학을 통섭하고 쓴 개혁주의 교리 해설서이다. 100년이 지난 지금도 대작이지만, 여전히 읽히고, 참조되고 있다.

바빙크가 1909년에 교리문답 학생들을 위해 저술한 단권 해설서가 있다. 바빙크는 사도행전 2장에 나오는 '하나님의 큰일'[agnalia Dei]이라는 단어를 제목으로 삼았다. 이 책만 잘 읽어도 바빙크의 정수를 잘 이해할 수가 있다. 그 가운데 한 자락을 맛보기로 한다. 그리스도 안에서라는 구절에 대한 바빙크의 해명이다.

그리스도 안에 주 안에, 그의 안에라는 구문이 신약에 150회 이상 나타나는데, 이는 그리스도께서 영적인 삶의 끊임없는 근원이실 뿐 아니라, 그러한 근원으로서 그가 신자 속에 즉시로 직접 거하신다는 것을 시사하는 것이다. 그러한 근원으로서 그가 신자 속에 즉시로 직접 거하신다는 것을 시사하는 것이다. 그러한 하나 됨은 모퉁잇들과 성전처럼, 남편과 아내처럼, 머리와 몸 처럼, 포도나무와 가지처럼 서로 긴밀하다. 만물이 창조와 섭리로 말미암아 하나님 안에 있듯이, 신자들은 그리스도 안에 있다. 물고기가 물에서 살고, 새들이 공중에서 살며, 사람이 그 사업장에서 살며, 학자가 서재에서 살듯이, 그들은 그리스도 안에서 산다. 그들은 그리스도와 함께 십자가에 못박혔고, 죽었고, 장사지낸 바 되었고, 부활하였고, 하나님의 우편에 앉아 있고, 또한 영화롭게 되는 것이다(롬 6:4이하, 갈 2:20, 6:14, 엡 2:6, 골 2:12, 20, 3:3). 그들은 그리스도로 옷입었고, 그의 형상을 이루며, 그들의 육체 속에서 그리스도의 고난과 생명을 보여 주며, 그리스도 안에서 완전해진다. 요컨대, 그리스도께서 만유이시며 만유 안에 계시는 것이다(롬 13:14, 고후 4:11, 갈 4:19, 골 1:24, 2:10, 3:11).

명쾌한 개혁주의 신학자 스프롤

R. C. 스프롤은 명쾌하고 글을 쓰는 개혁주의 신학자이다. 스프롤은 1964년 자유대학교로 가서 베르까워의 지도 아래 교의학 독토란두스 과정을 시작하나 1년만에 미국으로 돌아와 원격으로 공부하고 1969년

에 독토란두스 학위를 취득한다. 수업보다는 전공, 부전공 교수가 내어주는 수많은 책들을 읽고 구두시험을 치고, 마지막으로 논문 한편 쓰는 것이기에 원격 이수가 가능했을 것이다. 『성경을 아는 지식』에 보면 스프롤은 그 시기에 베르까워의 화란어 저술 『그리스도의 위격』*De persoon van Christus*과 『그리스도의 사역』*Het werk van Christus* 두 권을 강독함을 통해 화란어 공부를 했던 이야기를 하기도 한다.

화란어 하나 모르는 스프롤을 자유대학교에 추천한 이는 거스트너 박사였다. 베르까워는 35권의 책을 읽고 시험칠 것을 요구했다. 화란어, 독일어, 라틴어, 프랑스어로 된 책을…. 프랑스어는 화란어 책으로 대체받기는 했다. 그리고 종교철학 교수였던 뮬러만*G. E. Meuleman*의 헤겔 강의도 들어야 했다. 미국에서 온 젊은 신학도에게 뮬러만이 이 강의를 잘 따라오고 있느냐고 질문하니 매우 어렵다고 답한다. 뮬러만은, '헤겔은 어느 나라 말로도 어렵다'고 답해주었다. 나름 위로의 말이었던 셈이다.

그리고 2001년에야 윗필드신학교로부터 그의 모든 저작들에 근거한 박사학위를 취득한다. 나는 개인적으로 바빙크와 오랜 시간 씨름하는 세월을 보내고 있지만, 한편으로는 스프롤식의 강의와 글쓰기가 필요하다는 생각을 절감하고 산다. 존 파이퍼도 또 하나의 귀감이다. 저스틴 테일러가 쓴 스프롤 소개 글을 참고하면 유익할 것이다. 단, 영어로 쓰여진 글이다. https://www.thegospelcoalition.org/blogs/justin-taylor/r-c-sproul-1939-2017/

리처드 멀러

내가 멀러를 처음 책으로 접했을 때 독일식으로 뮐러로 읽었으나, 90년
대 칼빈신학교 유학 후에 암스테르담에 온 선배를 통해 멀러라고 발음
하는 것을 알게 되었다. 멀러는 화란 신학자 빌름 판 아슬트Willem van Asselt
와 더불어 종교개혁과 개혁파정통주의 연속성을 잘 짚어 주었다. 단절
이 아니라 연속성, 그리고 차이들을 원전에 근거하여 설명해주었다. 멀
러 테제에 귀기울일 필요가 있다. 비판하기 위해서라도 피해갈 수 없는
신학자들이 있다. 무시할 수 없는 학자들이다. 현대신학자들도 그런 범
주에 있다. 적어도 내게는 또한 우리의 관점 내지 학계의 패러다임을 바꿔놓
는 학자들이 간간이 나타난다. 멀러도 그런 인물 중 한 명이다. 멀러의
영향으로 개혁파 정통주의의 본산지 화란 위트레흐트의 고 판 아슬트
도 스승 흐라프란트C. Graafland까지 이어져 온 옛 관점을 떠나게 된다. 우
리나라에는 멀러의 제자들이 많고 김남준 목사도 멀러를 학문적으로
좋아하기에 멀러에 대한 담론은 계속될 것이다. 멀러의 조교를 지낸 박
재은 박사에 의하면 멀러는 화가이기도하고 전시회도 했다고한다.

　멀러의 대작 *Post-Reformation Reformed Dogmatics*종교개혁이후 개혁파 교의

^학 한역작업이 성취되면 좋겠다. 어제 심야까지 3권 본질과 속성에 대한 부분을 200쪽 읽었다. 흥미로웠다. 이제 다시 신론이 돌아오기에 멀러나 차르녹과 씨름해 보려고 한다. 그리고 안타까운 것은 4권 이후의 여정이 이어지지 않을 것 같다는 점이다. 교의학자가 아니기에 종말론까지 완결시켜야 하겠다는 의지는 없는 것 같고, 자신이 범례로 보여준 방법론에 따라 후학들이 완성해 주기를 바라는 것 같다.

아빠^{Abba}

오늘 오전 민들레교회에서 주기도문 두 번째 강설을 했다. "하늘에 계신 우리 아버지여"^{마 6:9}에 대해 나누었다. 예수님은 기도하실 때마다 아빠^{Abba 압바라고 표기할 수도 있다}라고 호칭하시어 유대인들에게 신성모독자 취급을 받으셨다. 인간이 하나님을 향해 아빠라고 부른다는 것은 자신이 하나님과 동등하다는 의미이기 때문이다. 그러나 예수님은 제자들과 우리들에게도 하늘에 계신 우리 아버지, 우리 아빠께 기도 드리라고 요청하신다. 아니 허락해 주신다. 삼위일체 하나님이시기에 우리는 예수님 혹은 성령님 이름을 불러 기도 드릴 수 있다. 그러나 예수님이 아버지께 기도하라고 하셨는데도 굳이 사랑의 예수님! 이렇게만 기도하는 신자라면 첫째, 습관상 그럴 수 있다. 둘째, 하나님을 아버지라 부르는 것을 싫어하기 때문일 수 있다. 이 경우는 교정이 필요하다.

동서고금을 막론하여 부정적인 아버지 경험을 가진 이들 가운데는 하나님 아버지에 대한 부정적인 이미지를 가지는 이들이 있고는 하다. 마치 자기 아버지와 유사히 하늘에 계신 아버지도 폭군이거나 학대자 느낌을 지울 수가 없는 것이다. 그러나 성경은 우리 하나님을 아버지로 소개하면서 성자, 성령과 동일본질homoousios이신 분으로 소개한다. 즉, 비공유적 속성과 공유적 속성으로 나누어 배우는 바, 그 신적 속성들을 삼위가 100퍼센트 동일하게 가지신다, 혹은 그런 분이시다는 것이다.

이상으로 나는 성경에서 소개되는 하나님 아버지의 세 가지 특성을 소개했다. 1. 우리의 창조자이시며 우리의 전 필요를 공급해 주시는 아버지. 2. 엄한 사랑, 징계하시는 아버지, 3. 자애로운 사랑으로 사랑하시는 아버지. 육신의 아버지 상 때문에 하나님 아버지라 부르며 기도하기를 싫어하는 이들은 성경을 통해 교정이 필요하다고 생각한다.

인디언들 가운데 임한 부흥

오늘날 시설 좋고, 좋은 도구들을 가진 교회들에서는 은혜보다 카타르시스를 조장해낼 가능성이 많다. 전자의 조건 속에서 은혜를 체험하는 경우들도 있겠지만, 아무래도 헷갈릴 수가 있다고 본다. 그러나 아무런

도구나 연장도 없이 아주 원시적인 사람들 속에서 복음 사역을 한다고 하면 어떠할까? 데이비드 브레이너드가 뉴저지주 크로스윅성의 인디언 원주민들에게 복음을 전하면서 경험했던 성령의 역사를 읽어본다.

전체 회중 가운데 마음이 움직이지 않는 사람이 거의 없었다. 청중을 사로 잡은 성령님의 영향력은 부드러웠다. 그러나 마음을 찌르는 강력한 능력이 있었다. 그 영향력은 거칠고 요란스러운 열정을 낳는 대신 마음에 깊은 감동을 주었다. 사람들로 하여금 자신의 타락한 상황을 깨닫게 하며 무거운 신음과 눈물을 쏟게 했다. 이미 위로를 받은 사람들은 달콤함과 겸손함으로 마음이 녹아내렸다. 성령의 역사는 땅의 표면을 거칠게 때리지 않으면서도 효과적으로 적시는, 부드럽지만 꾸준하게 내리는 빗줄기와도 같았다. 최근에 영혼이 소생한 사람들 가운데 어떤 이들은 자신의 영혼에 대해 깊이 고뇌했다. 그들은 진지하게 그리스도 안에 있는 은혜를 구했다. 또 다른 이들은 공적 예배가 끝난 뒤 깊은 영혼의 번민 속에서 말했다. "무엇을 해야 할지 모르겠어요. 어떻게 해야 내 사악한 마음을 바꿀 수 있을지 모르겠어요. 1745.11.26. 기록

찰스 하지

찰스 하지[1797-1878]는 미국의 뉴저지에 소재한 프린스턴 신학교의 조직신학 및 주석학 교수였다. 그는 소위 구 프린스턴 신학의 거장이었다. 프

린스턴신학교에는 지금도 조직신학 교수직 중에 찰스 하지 교수직이 있다. 찰스 하지는 A. A. 하지,[후임자] C. W. 하지[신약교수]의 아버지요, 그리고 C. W. 하지 jr[조직신학교수로 워필드의 후임]의 할아버지기도 했다. 그는 2천 페이지에 달하는 『조직신학』[3권, 1872-3]을 저술하기도 했다. 현대에 이르러서 하지는 박형룡 박사처럼 비판의 대상이 되는 감이 있다. 읽고서 비판하기나 하면 다행인데, 비평자의 글을 읽고 비평하는 경우들이 많이 있다. 십수 년 전 칼훈이 쓴 두 권짜리 구 프린스톤 신학교 역사 1, 2를 스킵하면서 읽은 적이 있다.

찰스 하지에 관련된 일화를 하나 소개하자면, 찰스 하지가 죽기 1년 전에 브로드맨 박사는 하지에 대해 "당신은 틀림없이 행복한 사람입니다. 당신의 이루어 놓은 업적을 보시고, 당신을 향한 보편적인 감정들을 생각해 보십시오."라고 했다. 그러자 80세의 노장 신학자 찰스 하지는 다음과 같이 답했다.

이제 그만 하시게! 내가 말 할 수 있는 모든 것은 하나님께서 나같이 작고 불쌍한 막대기를 취하여 무엇인가를 하게 하시기를 기뻐하셨다는 사실일세. 내가 행한 모든 것은 아프리카에 선교사로 간 사람이 수고한 것이나, 그들의 언어를 문자로 만드는 수고를 한 것에 비하면 아무것도 아닐세. 나는 허리를 굽혀 그런 사람들의 신들메를 풀기에 부적합한 사람일세.

감미로운 고백록

아우구스티누스를 때때로 읽게 된다. 기본적으로 읽기도 했지만, 2006
-2011 대신대학교에서 강의할 때는 다섯 학기를 가르쳐 보았다. 뜻하지
않게 주어졌던 과목들이 아우구스티누스의 신학이나 루터와 칼뱅 비교
등이었다.

> 오, 선하신 전능자시여! 당신은 우리 한 사람 한 사람을 돌보아 주시되,
> 마치 이 세상에 당신의 돌보심을 받는 사람이 단 한 사람뿐인 양 집중적
> 으로 돌봐 주시며, 그와 동시에 모든 사람을 다 돌봐 주시니, 모든 사람이
> 마치 한 사람밖에 안 되는 것처럼 능력 있게 돌봐 주시나이다.^{아우구스티누스,}
> 고백록, III.11.19

주여, 당신은 아주 오래되었으면서도 아주 새로운 아름다움이신데, 나는
당신을 너무 늦게야 사랑하게 되었나이다. 너무 늦게야 사랑하게 되었나
이다. 하온데, 보소서! 당신은 내 안에 계셨건만 나는 바깥에 있었으며, 거
기서 당신을 찾았사오니, 나는 [스스로] 몰골이 흉하게 된 채 당신이 지으
신 아름다운 것들 속으로 빠져 들어갔나이다. 당신 안에서 존재하지 않
는다면, 존재할 수조차 없는 것들이 나를 붙들고는, 당신에게서 [나를] 멀
리 떠나게 하였나이다. [그때에] 당신은 나를 큰 소리로 부르사, 나의 막
한 귀를 틔워 주셨나이다. 당신은 [또한 내게] 빛을 번쩍 비추사, 내 눈의

어두움을 쫓아 주셨나이다. 당신이 향기를 뿜어 주실 때 나는 그것을 깊이 들이마시고는, 당신을 [더욱 더] 갈망하게 되었나이다. 나는 당신의 감미로움을 안 다음부터는, 당신에 대한 굶주림과 목마름을 더욱 더 느끼게 되었나이다. [그때에] 당신은 나를 만져 주셨으니, 나는 당신의 평화를 사모하는 마음으로 불탔나이다. 고백록 De Confessionse, X. 27. 38

사역지 이동

가끔 사역과 관련해서 원우들이나 졸업생들의 상담요청을 받곤한다. 내가 1990 -2012어간 현장 사역자로 있었다는 것을 알기 때문이다. 1990년 8월 -2001년 7월까지 ―쉰 기간도 있지만― 부교역자로 지낸 시간이다. 그 가운데 6년은 청년사역을 했었다. 2001년 7월부터 2012년 9월까지 11년 3개월간 담임목회도 했었다. 첫 교회는 약 70명 되는 대구 근교 박사리소재 교회였고, 두 번째 교회는 부임시 출석 450여 명이다가 떠나 학교로 오기 전 600명 출석하는 대구시내에 소재한 교회였다. 지난 이력이 이렇게 있으니 때때로 사역이나 사역지 이동과 관련해 상담을 요청하는 경우들이 있다. 22년 사역기가 길다 보니 의식과 몸에 많은 것들이 생생하게 입력되어 있지만, 그러나 학교로 온지 7년 반쯤

이 되고 되니 실제적인 조언은 삼가하게 된다. 그저 원리적인 답을 해 주려고 할 뿐이다. 함께 그가 처한 상황들을 고려해 본다.

물론 현 사역지를 떠나야 할 때가 있다. 교회가 좋아도, 혹은 내 할 일 끝났다고 판단되거나, 내 한계를 느끼고 더 훈련받을 곳이거나 리더가 있는 경우에는 떠나야 한다. 때로는 대우는 좋은데 리더를 따를 수 없는 분이거나 부서 내에 반대가 극심하다면 떠나야할 것이다. 평화를 위해서, 때로는 더 나은 사역자를 통해 변화될 기회를 주기 위해서, 또 때로는 자신이 좀 더 성장하고 성숙하기 위해서.

그러나 남아야 할 곳도 있다. 형편이 어렵고 미래가 잘 안 보여도 내가 꼭 필요한 곳이라면, 내가 떠남으로 애써 정착하거나 헌신하고자 하는 지체들이 상처받을 가능성이 크다면 남는 것이 좋다. 그러나 나를 붙드느냐 내치느냐, 대우가 좋으나 나쁘냐, 간곡히 오라고 청하느냐, 누가 봐도 가서 훈련받고 싶은 대형교회냐 그런 것이 중요한 것 혹은 1차적 기준은 아니다.

자신의 마음, 혹은 양심의 저울이 어디로 기우는가를 살펴야 한다. 여건, 조건 따져야 할 때도 있지만 사명 내지 소명이 느껴지는 곳에 있거나 그런 가슴의 당김이 있는 곳에 가는 게 중요하다. 누가 봐도 여러 모로 조건이 좋은 곳이라면 갈 사람이 즐비하나 어디가 되었든 하나님이 원하시는 그 자리에 남는게 쉽지 않은 시절이다. 즉, 하나님의 마음에 맞는 사역자가 되고자 하는 충성심 혹은 신실함을 찾기 쉽지 않다. 우리 모두 다 연약한 인간이다.

그러나 우리 각자의 장래를 뉘 알 수있으리요! 하나님의 사인[sign]을 구하라고 말하고 싶다. 무엇보다 자신의 마음, 양심에서 답을 발견하기가 쉽다. 이 양심은 말씀 안에서 지혜를 탐색하고, 기도 중에 주님의 뜻을 깨닫기를 갈망하는 깨어있는 양심을 말한다.

푸치우스 학파

히스베르투스 푸치우스[Gisbertus Voetius, 1589-1676]는 28세의 젊은 나이에 도르트회의[1618-1619]에 초대받아 참석했고, 87세의 고령에 소천했다. 긴 세월 그는 화란 우트레흐트학파의 거장이었다. 생전에 코케이우스[Johannes Cocceius]나 데까르뜨[R. Decartes] 등과 논쟁가로도 이름을 날렸다. 17- 18세기 화란의 신학계는 푸치우스파와 코케이우스파로 양분되어 신학적 토론이 있었다.

1676년 그가 세상을 떠나던 시점에는 호마루스[Gomarus]도, 코케이우스도 이미 소천한 뒤였다. 당시 화란에는 세 명의 주요한 신학자들이 그 뒤를 이을 준비를 마쳤다. 페트루스 판 마스트리히트[Petrus van Mastricht]가 46

세, 헤르만 비치우스Herman Witsius가 41세, 빌헬무스 아 브라컬Wilhemus à Brakel 이 40세였다. 비치우스는 1677년에 하나님과 인간 사이의 언약을 출간했고, 판 마스트리히트는 1699년에 이론적이고 실천적인 신학을 출간했다. 아 브라컬은 1700년에 합당한 예배를 출간한다. 이제 국내에도 판 마스트리히트의 대작이 출간 중에 있고,아마도 총 6권으로 완간될 것이다 아 브라컬의 대작은 이미 지평서원에 의해 완역되었다. 이제 이 세 개혁신학자의 언약신학을 비교연구해도 좋은 논문이 될 것 같다는 생각을 하게 된다. 그리고 아 브라컬을 읽을수록 영국 청교도주의와 개혁파정통주의의 실천적 조화를 느끼고, 에드워즈와 비교 연구하는 것도 의미있는 일이라 사료되어진다.

신사도운동이라는 들불

오늘도 문득 드는 생각은 한국교회 전역에 신사도운동의 들불이 너무나 강하게 번지고 있다는 것이다. 걷잡을 수 없는 이 들불을 어찌할꼬 탄식이 나온다. 무지막지한 성령운동도 마찬가지이다. 둘은 형식상 구별되나 지향하는 바가 본질 이탈에 있다. 성령은 거룩하게 하시는 영이지, 슈퍼맨이나 마블 히어로를 만드는 분이 아니다. 개혁주의 강단은

간증이 아니라 본문에 근거한 바른 설교가 전달되어야 할 자리이다. 그러나 설교자들 스스로도 타협해 버리는 시대가 되어 버렸으니 어쩔 것인가?

에드워즈 시대나 이 시대나 반부흥파와 광신주의는 여전히 존재하고, 중도적 길을 가는 것은 여전히 어렵다. 반부흥파도 합리주의 · 도덕주의의 길이 있고, 정통주의적 지식주의의 길도 있다. 광신주의는 거치르고 비상식적인 유형도 있지만, 상식적이고 점잖아 보이되 비본질로 불태우는 유형이 있다.

개혁주의는 지,정,의 전인적 신앙관이고, 성령은 진리에의 조명, 진리의 체험과 확신, 진리의 실천에 이르게하는 영이시다. 성령이란 이름처럼 거룩하게 하지 않으면서, 진기한 체험, 은사, 능력의 불만 일으키는 영이 성령일 리가 없다.

어려서부터 경건훈련이 된 아 브라컬

빌헬무스 아 브라컬[1635-1711]이 10대일 때 부친 테오도루스 목사는 레이봐르던 시 남쪽 8킬로미터 밖인 비어스Beers교회 목회자였다. 빌헬무스는 대학 진학을 위해 레이봐르던 소재 라틴스쿨현대는 김나지움을 다녔다. 집에서 레이봐르던까지 통학할 수가 없어 월요일 아침 일찍 들판을 걸어 학교에 갔고, 토요일 오후에 걸어서 귀가해야 했다. 테오도루스와 빌헬무스는 같이 걸어가다 일정한 곳에서 헤어지고, 아들이 먼길 걸어가는 길을 보며 기도했고, 빌헬무스도 기도하며 그 들길을 걸어다니곤 했다. 어린 시절부터 가정에서 경건 훈련이 된 사람이 빌헬무스이다.

아 브라컬은 8년 동안 신학공부를 한 후, 49년 동안 개혁교회 목회에 전념했다. 동시대 신학자들인 헤르만 비치우스, 페트루스 판 마스트리히트, 요하네스 아 마르크와 동질적이면서도, 유달리 대중성을 띤 『합당한 예배』를 출간하게 된 배경이다. 조나단 에드워즈는 페트루스 판 마스트리히트의 『이론적이고 실천적인 신학』[1699]을 성경 다음으로 격찬했었다. 투레티누스의 책보다 더. 그러나 만약 『합당한 예배』가 화란어가 아니라 라틴어로 저술되었고, 에드워즈가 읽었다면 그의 최고 엄지척을 받은 작품이 달라졌을 가능성이 크다고 생각한다. 목회 소명에 대한 아 브라컬의 경고는 우리의 가슴에도 부딪쳐온다.

> 만일 누군가가 목회를 통해 사회적으로 낮은 자신의 지위를 높이고, 명성과 재물을 얻고자 한다면 그의 목적은 전적으로 잘못된 것입니다. 그런 사람은 구두 수선공이 되는 편이 훨씬 행복할 것입니다. 저는 자신의 이익을 위해 하나님의 거룩한 것을 이용하는 거듭나지 않은 목회자보다 끔찍한 사람은 없다고 생각합니다.

다비 이전의 세대주의?

『다비 이전의 세대주의』*Dispensationalism Before Darby*라는 책을 우연히 보게 된다. 다비는 19세기 플리머스형제단 지도자로서 세대주의 종말론의 시조와 같은 사람이다. 19, 20세기 영국과 미국의 수많은 복음주의자들이 다비와 스코필드와 같은 세대주의자들에 의해 영향을 받았다. 현재도 활동 중인 존 맥아더 목사조차도 그러하다. 세대주의의 역사와 특징에 대해서는 여러 가지 좋은 자료들이 많이 나와 있다. 가장 손쉽게는 안토니 후크마의 『개혁주의종말론』을 읽어보는 것이 좋을 것이다.

다비 이전의 세대주의- 혹할 만한 타이틀인데 과연 다비 이전에 다비즘이 있었을까 싶다. 왓슨의 책을 읽으면서 느끼는 것, 아니 확인하는 것은 증거들을 얼마나 자기 관점, 용어, 틀에 집어 넣어서 읽을 수 있는지 하는 것이다. 168-169에서 심지어 코케이우스, 비치우스, 투레티누스까지 세대주의자들이었다고 소개한다. 그럴듯해 보이지만, 다비나 현대 세대주의가 규정한 세대의 의미로 그들이 말한 것이 아니고, 더욱이 그리스도의 이중 재림을 말한 것도 아니다. 오히려 점진적 세대주의자들인 대럴 벅과 블레이징의 판단대로 현대 세대주의는 다비로부터 시작되었다고 하는 것이 맞다고 본다.

성령은 거룩한 영이시다

성령은 거룩한 영이시고 거룩하게 하시는 영이시다. 이적과 기사가 나타난다고 해도 거룩이 그 속에 없다면, 성령의 역사라고 보기 어렵다. 우리는 성령 망각 시대가 아니라 다른 불을 받고 성령이라 하는 이들이 범람하는 시대를 만난 것 같다. 다만 성부도 거룩한 영이시고, 성자도 거룩하신데, 성령Holy Spirit이라는 명칭을 왜 세 번째 위격이 전유하다시피 하는지를 이해해야 한다는 것이다. 성령은 거룩한 영이실 뿐만 아니라 거룩하게 하시는 영이시기에 성령이라 불리우신다. 그렇다면 진기한 현상, 능력, 이적 기사는 나타나는데 거룩이 빠진다면 어찌 성령의 역사라 할것인가? 모순적이다. 미래에 대한 신약의 예언들을 보라. 거짓 영들에 의한 이적, 기사에 의해 미혹받지 말 것에 대한 경고가 강력하지 않은지를 말이다.

아 브라컬의 『합당한 예배』

2019년 12월에 아 브라컬의 『합당한 예배』가 출간되고 난 후에 관심이 높아지니 이제 SNS상에서 아 브라컬에 대한 논란이 시작되는 모양이다. 다들 나더러 레포르마찌^{nadere Reformatie}를 알고, 『합당한 예배』를 읽고 토론하면 좋겠다. 나더러 레포르마찌는 영국 청교도문헌의 직접적인 영향을 받았고, 독일 개혁파경건주의에 영향을 미쳤다. 아 브라컬은 독일 루터파 경건주의자 슈페너나 프랑케와는 별 연관성이 없다.

아 브라컬은 윌리엄 에임스나 마코비우스 등이 가르친 적이 있는 프라너끄르신학교에서 공부하고, 푸치우스와 에세니우스같은 개혁파 정통주의자들에게 신학을 배운 사람이다. 즉, 교리, 교리문답, 개혁주의를 무시하고, 삶과 경건만 강조한 것이 아니라는 뜻이다. 아 브라컬은 반세기 동안 하이델베르크 교리문답 연속 강설을 실천한 사람이다. 『합당한 예배』에서 아 브라컬은 신앙고백서들을 때때로 인용하고, 소키누스주의, 알미니우스주의, 라바디주의 등에 대해 명시적으로 비판하고는 한다.

다만 신학교 교재가 아니라 일반 회중들을 위해 개혁파교리, 경건, 윤리를 강론한 것이기에 그 형태를 띠는 것뿐이다. 네 권을 정독해 본다면 바빙크조차 아 브라컬의 영향을 많이 받은 것을 확인할 수가 있다. 신학생들에게는 칼뱅, 투레티누스, 바빙크, 판 헨드른과 펠르마 등과 더불어 아 브라컬을 정독하라고 권하고 싶다.

헤르만 바빙크의 『개혁교의학』

헤르만 바빙크[1854~1921]는 아브라함 카이퍼와 벤저민 B. 워필드 등과 더불어 '현대의 3대 칼뱅주의자'로 불리워왔다. 바빙크는 국가교회로부터 분리된 개혁교회 소속 목사의 아들로 태어나, 당시 최고의 학문적 상아탑이었던 국립 레이든대학교에서 신학박사 학위를 취득하였다.[1880년] 그는 학위 취득 후에 프라너꺼르에서 잠시 목회를 한 후, 1883년부터 깜쁜소재 분리파 개혁신학교 교의학교수로 취임하여 1902년까지 19년간 재직했다. 그리고 1902년부터 1921년까지는 아브라함 카이퍼를 이어 암스테르담 소재 자유대학교 신학부 교의학 교수직에 재직하면서, 상원의원, 왕립학술원 회원, 기독교학교운동 등에 적극적으로 참여했다. 바빙크는 20명의 박사 제자를 길러내었을 뿐 아니라 수십 권에 달하는 크고 작은 저술들을 남기기도 했다. 그간 국내에 『신앙의 확신』, 『일반은총』, 『하나님의 큰 일』 등이 소개된 적이 있는데, 바빙크의 대작이자 주요 저술인 『개혁교의학』[Gereformeerde Dogmatiek, 2nd ed, 4vols, 1906-1911]은 화란 아뻴도오른신학대학교에서 박사 학위를 받은 박태현 박사[현 총신대학교 설교학 교수]의 5년 반에 걸친 헌신적 수고를 통해 2011년에 빛을 보게 되었다.

바빙크의 대작의 출간은 2003-2008년 어간에 출간된 영역본[Reformed Dogmatics, trans. John Vriend]과 더불어 역사적 개혁주의 진영에서 이룬 최근의 쾌

거라고 생각된다. 한글판으로 3,000쪽에 달하는 방대한 대작의 출간 덕분에 개혁신학 서클에서의 신학적 논의는 더욱더 깊이와 넓이를 더할 수 있게 되었기 때문이다. 실제로 한역본과 영역본 출간 이후 영어권 신학계와 한국 신학계에서 바빙크 연구는 르네상스기를 맞이하고 있다고 평가할 수가 있다.

비록 이제야 화란어 원전으로부터 『개혁교의학』 전집이 완역 출간되었지만, 이 대작에 담긴 바빙크의 개혁주의 신학 사상은 적어도 한국 장로교인들에게는 낯설지 않다고 하는 점을 말하고 싶다. 1930년대 박윤선 박사는 화란어 전집을 구입하여 귀국한 이래 자신의 성경주석 전권에 걸쳐서 바빙크의 저술을 인용해 주었고, 1942년 만주에서부터 시작하여 1972년 총신에서 은퇴하기까지 긴 세월동안 조직신학 강의를 하면서 완성한 『교의신학』 전집 속에서 박형룡 박사는 바빙크의 신학을 직간접적으로 소개해 주었기 때문이다. 그리고 그렇게 직간접적으로 소개되어진 바빙크의 개혁신학 사상은 지난 반세기 이상 한국 장로교 목회자들에게 영향을 미쳐왔고, 교회 강단에서 직간접적으로 소개되어져 오기도 했다.

그런데 이제 우리는 한글로 완역된 바빙크의 대작을 손에 들고 읽을 수 있는 축복을 누릴수 있게 된 것이다. 바빙크의 교의학은 개혁교회 신자들이 무엇을 믿어야 하는지 그 교의적 내용들을 성경적 근거를 따지고, 신학사적으로 폭넓은 검토를 하고, 개혁주의 관점에서 정확하게 정리해 준 명저라는 것을 어느 누구도 부인할 수가 없기 때문이다. 바빙크의 교의학은 루이스 벌코프나 죽산의 교의신학을 통해 익숙하게 알려진 분류 방식을 따라 구성되어져 있다. 1권에서 교의신학 서론^{신학의 원리와 방법}을 다루고, 2권에서 신론을 다루며, 3권에서 죄론, 그리스도론, 구원서정론을 다루고, 4권에서는 구원론, 교회론과 성례론, 그리고 종말론에 대한 풍성한 논의를 소개해 주고 있다.

화란개혁교회의 역사를 상고해 보면 개혁교회 신학생들은 학교에서 바빙크의 교의학 전집을 성실하게 읽고, 소화하고, 그리고 손수 요약하곤 했었다. 그렇게 함으로써 그들은 성경적인 기초와 뼈대를 갖춘 개혁주의 설교를 할 수 있도록 훈련되어졌다. 또한 어떤 시점까지는 교회 시무장로들까지라도 개혁교의학 전집을 의무적으로 읽어야 했다고 한다. 개혁주의적인 설교를 해야 하는 목회자도, 동역하는 파트너들인 시무장로들도 바른 신학적 기초 위에 동역해야 주님의 몸된 교회를 잘 섬길 수 있기 때문이다. 화란어라는 지극히 제한된 언어에 갇혀 있어서 대중화될 수 없었던『개혁교의학』전집이 한글로 소개되고 난 후, 서평자는 많은 신학생들과 목회자들이 이 방대한 전집을 소화하기 위해서 씨름하는 모습을 곳곳에서 볼 수가 있다. 그리고 최근에는 영역본의 편집자였던 존 볼트가 요약 편집한『개혁파 교의학』도 완역이 되어 입문서 내지 요약 정리서로서 순기능을 하고 있어서 금상첨화라고 생각된다. 본 교단에 속한 목회자들과 신학생들뿐 아니라 개혁주의 신앙이 무엇인지를 체계적으로 공부해 보기를 희망하는 중직자들에게 바빙크의 『개혁교의학』 읽기를 권하고 싶다. 물론 난해하고 방대한 신학책을 읽기가 버거운 분들은 일단 그 요약본인 『개혁파 교의학』^{새물결플러스}으로부터 시작하기를 권하고 싶다.

아브라함 카이퍼와 헤르만 바빙크

아브라함 카이퍼^{Abraham Kuyper, 1837-1920}와 헤르만 바빙크^{Herman Bavinck, 1854-1921}는 네덜란드 개혁교회의 대표적인 신학자이고, 그리고 소위 신칼뱅주의 Neo-calvinism의 주요 대변자들이었다. 리고 미국 프린스턴 신학교의 벤저민 B. 워필드¹⁸⁵¹⁻¹⁹²¹와 더불어서 세계 3대칼뱅주의자로 칭해진다. ^{이런 호칭은 찰스 하지의 손자였던 캐스퍼 위스터 하지 2세가 만들었다.} 그러면 이제 카이퍼와 바빙크를 비교하는 일을 시작해 보자.

1. 카이퍼는 1837년에 화란 국가교회^{NHK}의 목사인 얀 프레드릭 카이퍼의 아들로 마아슬라이스^{Maassluis}에서 태어났고, 바빙크는 1854년에 국

가교회에서 1834년에 분리한 기독개혁교회[CGK] 목사인 얀 바빙크의 아들로 호-허페인[Hoogeveen]에서 태어났다. 따라서 카이퍼는 바빙크보다 17년 연상이다.

2. 카이퍼는 초등교육을 교사 출신의 어머니에 의해서 홈 스쿨링으로 받고서 아버지의 목회지 레이든에서 김나지움을 마쳤다. 1855년에 국립 레이든 대학교에 진학하여 문학과 신학을 공부한 후에 1862년에 신학 박사 학위를 취득하였다. 바빙크는 그 유명한 깜쁜시에서 가까운 곳에 있는 조금더 큰 도시 즈볼레[Zwolle]에서 김나지움 교육을 받은 후에, 깜쁜에 소재한 신학교를 잠시 다니다가 카이퍼처럼 국립 레이든 대학교에 등록을 하여[1874년 9월] 신학 공부를 한 후에 1880년에 역시 신학 박사 학위를 받았다.

3. 이처럼 카이퍼와 바빙크는 출신 교단이 다르지만 신학부 동문인 셈이다. 국립 레이든 대학교[Rijksuniversiteit te Leiden]는 16세기에 빌럼 판 오라녀[Willem van Oranje]를 주축으로 하여 스페인을 대항하여 일어난 네덜란드 독립전쟁시에 레이든 시민들이 세운 공에 대한 보답으로 세워진 대학교이다. 스페인 군대가 레이든에 대한 공성전을 펼치는 중에 레이든 시민들은 먹을 것이 없어서 쥐까지 잡아먹어가면서 굴하지 않고 끝까지 버텼는데, 빌럼 판 오라녀는 이에 대한 보답으로 이런 저런 것을 제안했으나, 레이든 시민들은 대학교를 세워달라고 요청했던 것이다. 그렇게 해

서 1575년에 네덜란드 내에서 최초로 세워진 대학이 레이든국립대학교이다. 그러니 이 대학에 대한 네덜란드 국민들의 자부심이 오죽이나 강할까! 그러나 카이퍼와 바빙크가 수학하였던 시절의 레이든대학교 신학부는 자유주의 신학의 견고한 성채, 근대주의의 아테네로 불리우고 있었다. 카이퍼와 바빙크의 지도 교수는 동일한 사람인데, 요한네스 스콜턴Johannes H. Scholten, 1811-85이라는 사람이었다. 스콜턴은 네덜란드 자유주의의 대변자였다. 그의 지도하에 카이퍼는 〈존 칼뱅과 존 아 라스코의 교회론 비교 연구〉로 1862년에 박사 학위를 취득했고, 바빙크는 〈츠빙글리의 윤리〉로 1880년에 박사 학위를 취득하였다. 두 사람 다 종교개혁 신학을 연구한 셈이다. 신학부 재학을 통하여 카이퍼는 정통 신앙을 상실하고 자유주의 신학도가 되지만, 바빙크는 부모에게서 물려받은 신앙을 잘 지켜낸다.

4. 신학박사를 받은 후에 카이퍼는 약 11년 동안 화란 국가 교회의 목회자로 시무하고,1863-1874 바빙크는 약 2년간1880-2 프라너꺼르Franeker에서 목회를 하게 된다.

5. 카이퍼는 바빙크가 신학박사 학위를 취득하던 해인 1880년 10월에 암스테르담에 자유대학교Vrije Universiteit 설립하고, 교의학을 비롯한 여러 과목의 교수가 된다. 그리고 이제 막 학위를 취득한 젊은 바빙크를 교수로 초청했지만 거절을 당한다. 카이퍼는 당시 아직 국가교회 소속의

장로였지만, 바빙크는 기독개혁교회의 목회자였다. 두 사람이 소속된 교단이 서로 달랐다.

6. 카이퍼나 바빙크는 단순히 신학 교수로서 혹은 저술가로서만 지낸 것이 아니고 공적인 활동을 했다. 물론 카이퍼가 바빙크보다 훨씬 더 - 비교가 안 될 정도로 -공적인 생애를 보냈다. 그러나 두 사람 다 기독교 학교 운동에 가담했고, 또한 바빙크도 상원의원이 되기도 했다. 그리고 바빙크는 카이퍼가 창당한 반혁명당Anti-revolutionaire Partij의 당원일 뿐만 아니라 지도적 인사 중 한 명이었다. 1915년 경에는 당지도자로서 카이퍼에 대한 비판의 글을 동료들과 같이 출판하기도 하였다.

7. 카이퍼는 1880년부터 20년간 자유대학교 신학부 교수로, 신문 편집인으로, 반혁명당 지도자로, 그리고 돌레안치doleantie라고 불리우는 교회 개혁 운동의 지도자로 활동한다. 교회 개혁운동의 결과 카이퍼는 국가 개혁교회에서 정직을 당하게 되고, 그를 추종하는 목회자들과 교회들은 새로운 교단을 설립하게 된다.[1886년] 그리고 1892년에 이르러서는 1834년에 일차 분리 운동Afscheiding을 통해서 국가교회로부터 분리 교단을 세웠던 기독개혁교회-바빙크가 소속된 교단-와 연합하여 화란개혁교회GKN를 설립하게 된다.

한편 바빙크는 1882년 8월에 개최된 기독개혁교회 총회에서 깜쁜 신학교의 신학교수로 임명을 받고, 1883년 1월에 교수 취임 연설을 한다.

그로부터 1902년에 자유대학교 신학부 교수로 떠나기까지 약 19년간을 깜뻔이라고 하는 전원적인 소도시에 머물면서 교수 사역과 신학 연구에 전념하게 된다. 이와 같은 절차탁마의 기간을 거친 후에 바빙크는 불후의 명저 『개혁 교의학 ^{Gereformeerde Dogmatiek, Reformed Dogmatics}』을 간행하게 된다. 초판은 1896년부터 1901년에 걸쳐서 깜뻔에 소재한 잘스만^{Zalsman} 출판사에 의해서 간행되었고, 총 네 권으로 구성되었다. 바빙크는 이 주저^{opus magnus}를 암스테르담으로 이주한 후 1906-11사이에 2판 증보판을 내게 된다. 그리고 나서 1918년에 제3판이 나오게 되지만, 2판에서 변경된 것은 거의 없었다. 바빙크의 개혁 교의학은 칼뱅 이후 개혁파 정통주의 신학의 만개, 혹은 완성이라고 평가를 받는다. 그런데 바빙크는 이 불후의 명저를 바로 깜뻔에서 조용히 보낸 세월들을 통하여 저술한 것이다.

이처럼 1880년대, 1890년대 20여 년의 세월동안 카이퍼와 바빙크는 각기 다른 길을 걸어가는 것을 확인하게 된다. 카이퍼는 대학설립자, 정당 당수, 신문편집인, 교회개혁자 등의 다방면에 걸친 공적 생애를 보낸다. 그러나 바빙크는 이 기간 동안 깜뻔 신학교의 교수로 지내면서 개혁 신학 교본을 저술하는 일에 전념하였던 것이다. 그와 같은 작품을 통하여서 1세기가 지나가는 이 시점에서도 바빙크는 큰 신학적 기여를 한 셈이 된다. 그래서일까? 카이퍼의 책은 헐값이라면, 바빙크의 개혁교의학은 여전히 고가로 팔리고 있다.

8. 아브라함 카이퍼는 1901년에 네덜란드 수상이 되어 자유대학교 교수직을 휴직하게 된다. 그는 1901년부터 1905년까지 수상직을 수행하게 된다. 카이퍼가 휴직함으로 교의학 교수직이 공석이 되는데, 카이퍼는 이전에도 여러 차례 바빙크를 러브 콜 한 적이 있었는데, 이번에도 후임자로 바빙크를 초청하게 되고, 바빙크는 이번에는 카이퍼의 초청에 응하게 된다. 바빙크는 카이퍼가 자리를 비운 자유대학교 신학부 교수로 1902년에 취임하여 1921년 급서하기까지 약 19년 동안 교의학 교수직에 머무르게 된다. 이 시기 동안 바빙크는 물론 이런 저런 신학 서적들도 저술하고, 특히 1909년에는 한국에도 두 번역본으로 소개된 바 있는 *Magnalia Dei*「하나님의 큰 일」 원광연 역, 『개혁주의 교의학 개요』크리스챤다이제스트를 출간하기도 하지만, 그의 주요 관심 분야는 교육학과 심리학에로 향하게 된다. 그 이전에 방대한 교의신학 분야의 주저들을 다 섭렵했고, 개혁교의학 속에 집대성했기 때문일 것이다.

9. 카이퍼는 1920년 11월 8일에 83세로 소천하고, 바빙크는 그보다 약 9개월이 지난 후인 1921년 7월 29일에 67세의 아까운 나이에 소천하게 된다. 두 사람의 공통점 한 가지를 생략할 뻔했다. 두 사람은 다 미국의 프린스톤 대학교의 L. P. Stone강좌의 강사로 초빙을 받았다. 카이퍼는 1898년에 〈칼뱅주의 강연〉을 했고, 바빙크는 1908년에 〈계시철학〉

두 권 모두 〈다함〉에서 역간 을 강연했다.

이상에서 신칼뱅주의의 대변인인 카이퍼와 바빙크의 생애를 간략하게 비교해 보았다. 두 사람은 커리어상 비슷한 점도 있지만 전혀 다른 점들도 많다. 두 사람은 칼뱅과 개혁파 정통주의 신학자들을 좋아했으며, 화란 국민이 자랑하는 시인 빌럼 빌더데이크^{Willem Bilderdijk}를 사랑했다. 그리고 개혁주의 원리가 신학이나 교회 영역에 제한되지 아니하고, 학문과 예술 그리고 사회 제 방면에 스며들어가야 한다고 굳게 믿었다. 따라서 두 사람 다 비단 정통 신학자에 머무른 것이 아니라, 넓은 세상에 대한 섬김이로서 활동했다고 할 것이다.

그러나 두 사람은 커리어상도 차이점이 있지만, 성격이나 신학하는 자세에도 차이점이 있다. 특히 카이퍼는 복음이냐 혁명이냐는 식의 모토에서 보여주듯이 반정립^{antithesis}를 강조했다. 그는 자유주의나 세속주의에 대해서 비타협적이고 전투적이었다. 오죽하면 그는 교만하다는 평이나 독선적인 평을 들었다. 당시 신문외 캐리커처를 그리던 한은 〈Abraham de Geweldige〉라는 그림을 그려서 화란 국민들에게 깊은 인상을 남겼다. '끔찍한, 혹은 무시무시한 아브라함 (카이퍼)!'

하지만 바빙크의 성격은 반립적이고 전투적이기보다는 종합적이고 평화적이었다. 그는 신학적 적수의 사상 가운데서도 장점을 인정하려고 애를 썼다. 이 사람은 이런 면에서 옳고 저런 면에서는 잘못되었다는 식이다. 19세기 자유주의나 윤리신학에 대한 균형잡힌 평가를 내리고 있기 때문에 그의 저술은 시대가 지나도 사랑을 받고 있다. 바빙크를 카이퍼의 그림자 뒤에서 살았다고 하기도 한다. 카이퍼가 전면에 나서서 전투를 지휘하는 율리우스 카이사르와 같은 주도적인 리더라면, 바빙크는 뒷전에 물러나서 조용히 전략을 짜는 모사와 같은 역할을 맡았다.

후.기 Postscript

지난 한 해는 코로나19라는 팬데믹으로 인해 우리의 삶이 제한되고, 많은 활동들이 위축되다 보니 심신이 피곤하고 힘든 시간들이었다. 물론 백신이 보급되기 시작하긴 했어도 여전히 그러한 형편 속에 우리는 하루 하루를 살되 마치 살얼음판 위를 걷듯이 살아가고 있다. 본서를 이제 세상에 내보내기 위한 마지막 준비를 위해 이미 작년에 송고했던 내용들을 다시금 죽 읽어보면서 간단한 후기를 덧붙이는 것이 좋겠다는 생각이 들었다. 본서에 담긴 내용들은 2017년 후반에서 2020년 초봄 무렵까지 필자가 얼책Facebook이라는 사회관계망SNS에 올렸던 글들 가운데 네 주제에 맞추어 선집을 해본 것이다. SNS 성격상으로나, 필자의 역할로나 깊고 세밀한 내용들을 공개적으로 올리기는 어려웠기에 글들이 단편적이고 암시적인 면들도 많았던 것 같다. 더욱이 필자가 몸담고 있는 학교가 초유의 학내사태를 겪은 시기와 회복의 과정에 쓴 글들도 많이 있다 보니 그러한 성격은 더 짙어질 수밖에 없었다고 반추된다. 물론 학교는 2018년에 정상화의 과정을 시작했고, 이제 2월 말이면 관선이사들을 대신할 정이사들을 선임할 예정으로 있다.

이 책의 연장 선상에서 몇 가지를 덧붙여 보려고 한다.

우선 2020년 3월부터 시작된 연구년^{일반적으로 안식년이라 부르지만, 우리 학교에서는 연구에만 집중하라는 의미로 연구년이라 부른다}은 코로나19 사태로 인해 집과 연구실을 무한(?) 반복하는 상태로 흘려보낼 수밖에 없었다. 물론 이 책에도 자주 등장하듯 내게 익숙한 연구실에서 학사에 얽히지 아니하고 오로지 연구에만 전념할 수있다는 것만 해도 복이라고 해야 할 것이다. 하지만 1997년에 떠나온 네덜란드 암스테르담과 학교들을 방문해 보고 싶었던 작은 희망은 물거품이 되어 버렸고, 가까운 계곡이나 바다조차 가보지 못하고 집콕에다가 연구실콕으로 지내고 말았다. 덕분에 이런 저런 연구 작업들이 가능했고, 결과적으로 과제 논문도 시간 내에 무사히 투고할 수가 있었다. 연구년 주제로 우리나라 기독교 선교 초기에 평양에 세워졌던 장로회신학교의 종말론 전통을 선택해서 연구하려다 보니 일정시대에 나온 자료들을 찾느라 애를 먹기도 했고, 또한 사본이나 PDF 파일로나마 접근할 수가 있게 되어서 보람도 있었다.

지난 학내 사태 기간에 우연히 알게 된 미국 카툰 위 베어 베어스^{We Bare Bears} 인형들은 여전히 연구실을 잘 지키고 있다. 다만 우리나라에서 참 인기가 없구나 실감하게 된 것은 이 책에 등장하는 위베베 이모티콘

들이 카톡상에서 철수했다고 하는 것이다. 물론 이미 구입하여 다운로드 받아 사용 중인 경우에는 문제가 없다. 꼬박 연구실을 위주로 살다 보니 틈틈이 여가 선용으로 영상들을 보게 되었는데, 이번에 발견한 것은 1985년에 한국에 방송되었던 50부작의 〈빨간 머리 앤〉원제는 *Anne of Green Gables*이다 만화였다. 유튜브 상에서 무료로 볼 수가 있기에 50부작을 차례대로 시청했었고, 그걸 계기로 작가 루시 모드 몽고메리Lucy Maud Montgomery에 관해서도 다소 연구를 해보기도 했었다.

또 한 가지는 필자가 살고 있는 용인 양지에서 가까운 에버랜드의 판다Panda 이야기이다. 용인에 와서 산지 9년이지만 에버랜드라는 곳을 수년 전 학내사태가 끝나갈 무렵에 딱 한 번 판다아이바오, 러바오를 보기 위해서 잠깐 들린 적이 있으나 급실망하고 돌아온 적이 있었다. 그 때 스스로 한 말이 "아, 나는 위 베어 베어스 카툰 속에 그려진 곰 브라더스를 좋아하는 거지, 실제 곰은 아냐."였었다. 그러나 학교를 방문한 후배 목사 가족이 그 사이 새끼 판다가 태어났다는 소식을 전해 주었고, 이에 유튜브를 통해 푸바오福寶의 출생과 성장 과정을 지속적으로 지켜 보게 되었다. 아이바오의 모성애에 감동을 받았고, 푸바오의 성장 과정을 지켜 보며 작은 기쁨을 누릴 수가 있었다. 이로서 실제 판다도 좋아할 수 있게 된 것이다. 아무튼 이런 저런 많은 상념이 들기도 했다.

후기가 길어지면 안 되니 이제 글을 마무리 지으려고 한다. 서문에서도 썼듯이 그간에 신학책들이나 성경 강해서들을 출간했지만, 이런 종류의 책은 처음 출간하기 때문에 주저와 염려도 적지 않은 편이다. 그러나 출판사의 열정에 힘입어 이제 출간의 목전에 이르게 되었다. 사진들이 들어 있어서 미려하게 편집 출간되어질 책을 손에 받아들면 무척이나 신기하고 기쁨을 느끼게 될 것 같다. 코로나19사태가 하루 속히 종식되어 우리 양지 캠퍼스에도 1200원우들이 현장에서 학업을 재개할 수 있게 되기를 소망하면서 후기를 줄이고자 한다.

2021. 02. 01. (월)

용인 양지 캠퍼스 본관 연구실 411호에서

저자 드림